月巴氏 著

U0106526

序 1

盧鎮業

1994 年，我八歲。

但要回想那年發生過甚麼事，在呆坐十來分鐘後，仍是不得要領。

「成嚿飯咁」。這是我想到的唯一形容。

然後我開始讀《1994》，讀著讀著，頭頂開始冒起泡泡狀的記憶碎片，座標逐一延綿開去如漣漪：1994 年、八歲、94 世界盃、升小學三年班、轉全日制、訂美心熒光飯盒……如此藤揼瓜瓜揼藤地拼砌出我的 1994 。

當屆世界盃應該是我首次睇波，不是湊個熱鬧看看而已的那種，而是和表哥表弟們全情投入咬緊牙關大呼小叫的，才算得上「睇波」吧。決賽巴西對意大利，我是意大利派的，至於原因為何？不太記得，大概是他們球衣的藍色非常醒目，還有我喜歡馬甸尼和拉雲拿利。

0 比 0 的戰局維持到加時完結，進入十二碼環節。靈魂人物羅拔圖·巴治奧在決定性的一腳，一飛沖天

去。意大利輸了。頃刻間地球分為絕望與狂歡的兩種人。當然這世界還有不看足球的第三種人，但在那個瞬間已經超出了我的感知範圍。這絕世經典畫面在那個星期成為朋友間的話題，而巨大的失落感則伴隨了一個暑假。事後多年，每每想起這一球，這種十二碼一係入一係唔入的或然率問題，卻帶著一種命定的感覺。也許早在它發生之前，已實實在在地刻寫在歷史上。自那天起，我多了一個「球迷」的身份認同。還有第一次強烈體會到狂歡、熱情過後的落寞。

作為球迷當然要踢波，作為屁孩當然要打機。我踢得最多波的場景，不是樓下小學球場，而是超級任天堂。當年《實況足球》橫空面世，極具現場感（而完全聽不懂）的日語旁述、大演帽子戲法過後球場大電視出現的慶祝畫面、很好操控的盤球、傳球和變速，開創了足球遊戲的全新體驗。這個系列發展至雄霸 PlayStation 的 *Winning Eleven*，已是升中學後的事。

超任對 1990 年代小學雞來說是最美好而偉大的發明，由香港公司研發、用來玩老翻的超任博士直頭是所有窮等人家的恩物。每月某周日 family day，一家四口會到沙田第一城金翠宮，或是個上海粗炒好好食的上海菜館吃晚飯，如遇上考試成績好或爸媽生日，去南天

餐廳或 Hello 意粉屋就更開心。但最重要的，還是飯後可以到商場中庭的遊戲機檔買超任老翻 floppy，印象十蚊隻？反正就是多買幾隻，爸媽都不至於會肉赤的價錢。店員哥哥把沉甸甸的超厚文件夾拿出來，我和弟弟踮起腳在櫃檯仔細翻閱上面密密麻麻的遊戲名單，又想要呢隻又想要嗰隻，《實況足球》、《娛樂金魚眼》、《幻法小魔星》、《真實謊言》、《龍珠超武鬥傳》、《忍者龜》、《男兒當入樽》、《僵屍王國》、《魂斗羅》、《炸彈人》、《忍者戰士》、《46 億年物語》（下刪過百隻game）。如此多樣化而遊戲性極高的王國，是成長過程重要養分，大概我對世界有不少認知都由此而起。謝謝超任，也謝謝超任博士。

1994 年的另一大事，是升小學三年班，我的小學轉為全日制。暑假過去，與原本是下午校的學生終於見面，還迎來我的初戀（其實是單戀、暗戀）。不過，關於這個不曾開始自然也沒有結果的愛情故事就先打住。

因為我作為代序者，本來要寫的，是月巴氏先生的《1994》。

如文首所說，以上童年回憶碎片，是邊讀《1994》，邊自然而然地對答「喔，原來你的版本是如此，我的是怎樣怎樣怎樣」的一回事。

例子一：巴士線 81K，透過他的描述，我理解我們的成長經驗瓜分著這條巴士線。以新城市廣場為分水嶺，他大抵會搭新田圍至市中心的一段，而我只來往於市中心與穗禾苑（隨著中六轉校到基督書院，我的路線延展到博康邨）。當讀著他的 81K，在巴士上發生過的各種小事就在我腦中打轉起舞。還有書中的阿健、Patrick、無名女生、七仔阿姐，使我依稀想起 Desmond、阿瑩、劉 sir、羅同學。

有趣的事情發生了，無記性雖是我多年來對自己的認知，童年時碎片式的事件、感受卻因閱讀此書而回歸。能重回過去再走一次，感覺幸福。這使我不禁好奇，這一切經歷是如何被召回的？

他舉一，你反三。這本書有一道邀你展開激情對話的神奇驅力。

讀月巴氏的文字已有一段時間，人物側寫特別精彩，裡頭有細微而個人的長期觀察，文字點到即止，有種信手拈來、舒爽傾吐的輕盈感。而今次的主角——是他自己（及其成長的環境）。文字不著痕跡地把普及文化、人與人的關係、情感包裹起來，架起點線面畫出了一個社區圖譜，讓我們了解那獨一無二的 1990 年代新市鎮如何成就他的文化啟蒙史。因其描寫鮮活靈

動，好有畫面，我的成長回憶也歸來了。

　　是的，沙田。在我十三歲第一次自己搭車出旺角之前，沙田就是我的世界。想起中一世史課，讀尼羅河與埃及文明的唇齒關係。我領悟到，原來每天都會經過的城門河（就是那條臭河），已不知不覺成了當時世界的中心：友儕耍廢、愛情搖籃、散心步道、交通樞紐，以及上課發白日夢時的絕佳景觀。

　　以上代序是我這位沙田舊街坊邊讀邊寫拼湊而成的，也不免自我懷疑，是否因為站於共同的立足點所以引起強烈共鳴？會否超主觀太個人？或許吧，至少我在以狼吞虎嚥的速度細嚼品嚐此書的這幾天，感受到何其真實的心頭顫動。

　　原來我都幾鍾意，嗰個時代、嗰個地方。

0 Kurt Cobain

終於，來到中年。

終於明白，所謂成長，就是發現那些伴隨自己一同成長的事物，逐漸消逝。

終於到了某一刻，連自己也消逝。

但消逝不是一瞬間、一下子，而是一個過程，一個緩慢的過程，在這過程裡，你會慢慢被不知哪裡來的力量消磨。

「所以 Kurt 選擇了自殺。」他說。

說的時候，1994 年 4 月。

他是我在沙田一間唱片舖認識的 —— 嚴格來說，不算認識，只是我每一次去到那間位於新城市廣場五樓的唱片舖，都會遇見他。他必定站在擺放英美音樂 CD 的那一列貨架前。那個區域位於近收銀處的位置。我從來都（刻意）不經過那個區域。

貨架上的那幅牆，也放滿 CD，每一個 CD 封套的每一張臉，我大都不認識，只認得 Madonna、Michael

Jackson、Phil Collins。

在聽歌方面沒甚麼要求，總之，人家說好的，又或很多人追捧的，我就去聽。

擁有跟別人一致的口味，會帶來一份安心。

某次放學後，如常地，沒有立即返屋企，在市中心亂走，範圍包括好運中心、沙田廣場以及新城市廣場 —— 通常將沙田中心剔除，那個商場，除了那間迷你機舖「超新星」，其餘的舖頭我都沒有興趣。沙田中心曾經有兩間機舖，一大一細，大的在商場一樓，細的開在商場樓下一個對住沙田正街的舖位，唸中三那一年，經常在那裡玩 *Final Fight*，習慣揀那個穿白色汗衣藍色牛仔褲的角色，角色名叫 Cody。

又去了那間唱片舖。見到 A 班的一個女同學，站在那個擺放英美音樂 CD 貨架的區域。她在我們那一級，歷來都被公認為身材極好的（簡單講，胸部很大）—— 我不認為我是那種只管追逐身材的人，看 AV，也不會專挑巨乳系的來看（其實根本由不得我去揀，同學提供甚麼便看甚麼），但那一天，連我也不知道原因，總之，我走過去，走過去那個我從來都不會經過及停留的區域，站在她旁邊，一個能夠看見她完整上半身的位置，隨手拎起一隻 CD 扮看，同時，觀察她的

側面。

噢，的確很大。

「你也喜歡 Nirvana？」身旁傳來一把聲音。

是他，那個每一次都站在英美音樂區域的人。

我不知道他口中的「Nirvana」是甚麼，望望手中的 CD，封套上，是一個裸體的 BB，正在水底，笑著，面前是一張被魚鉤鉤著的美元紙幣。

「我比較喜歡他們今年推出的那一張。」他好似記熟了所有 CD 的擺放位置，從貨架裡立即找出一隻 CD。封套上是一個女性人體模型，模型後有一雙翅膀。

他繼續說：「*Nevermind* 感覺上，太流行了，監製又加入了太多不必要的效果，不及這一張，更貼近 grunge。」其實我只聽得到「nevermind」這個字，至於最後那一個，聽不清楚，只知那是一個我不認識的英文字。

掛住聽他說話，女同學走開了我也不知道。

「我不聽這些的。」—— 很想跟他這樣說，但沒有。

他繼續說，由樂隊成員，說到音樂風格；由音樂風格，說到他們唱片銷量比 Michael Jackson 新碟還高⋯⋯

我沒理他，離開了唱片舖。

　　　　　　　　Kurt Cobain

後來有一段時間沒再去唱片舖。本來就不是個喜愛聽歌的人，加上要溫書，準備考 A-level。

1994 年 4 月初某天。後天就是考中史的日子，但實在暫時不想再去記那些治亂興衰政治制度，也可能覺得再努力去記，都不會對結果有任何影響。搭 81K，去沙田市中心，去好運中心的「龍城」，買了本最新推出的《火之鳥》第三期；去了唱片舖，已經大半年沒來了，格局還是一樣。

他還是依舊站在那個英美音樂區。

我沒有行過去，刻意離他遠一點。

他看見我，看著我，並行近我。

「Kurt Cobain 自殺死了。」那一刻腦袋明明已被中國歷史裡的人名佔據，卻反而有空間，騰出來，存放這英文名字。

是那隊 Nirvana 的主唱。

「It's better to burn out than to fade away，他在遺書裡，留下這一句話。」

「一下子燃燒殆盡，好過慢慢慢慢地消失。」

「所以 Kurt 選擇了自殺。他不能忍受看著自己被慢慢蠶食。」

他一口氣說。他似在跟我說，又似在對自己說；

又或者，他並非想對某特定對象說，而只是，純粹想說。

後來才知道，那句遺書裡的話，是歌詞，來自 Neil Young 的 *Hey Hey, My My (Into the Black)*。

後來聽了很多很多英美音樂，當中包括 Nirvana。

但都是後來的事，1994 年後的事。

而這一個故事，說的是 1994 年。

1994 年 4 月初那天過後，沒有再見到他。

對我來說，他的存在，就是為了跟我說「It's better to burn out than to fade away」這句話。

Kurt Cobain，生於 1967 年 2 月 20 日，死於 1994 年 4 月 5 日。

Kurt Cobain

1 沙甸魚殺人事件

有些事物的出現和存在，純粹是用來折磨人。

而把它們創造出來的人，就是一心想折磨人。

1994 年 5 月，考完 A-level，很想將那些筆記全部丟掉 —— 但沒有，我恐懼，恐懼考得不好，升不上大學，要 repeat。

當然不想 repeat。一旦 repeat，就需要再考一次 A-level，再考一次中史 —— 朝早九點，開始，拎起筆，在單行紙上寫三個鐘，放午飯兩小時。在那兩小時，你根本沒胃口去吃，但又不得不吃，吃完，拿筆記出來看，眼的確在看，但根本沒焦點，像旭仔說，要記得的，始終都會記得，他沒有說的一句是：不記得的，始終都不會記得……然後用這個介乎記得與不記得之間的狀態，回到試場。下午兩點，再一次拎起筆，在同樣的單行紙上寫寫寫，那疊紙明明已經夠多，但永遠不明白，為何有其他考生會舉手要求加紙。五點，放低筆，一切無法改寫。

那一天，我沒有加紙。撇除其中一條文獻閱讀理解無法預備，答的七條題目中，只有一條我是有充分準備的，其餘，都是創作——基於對問題範圍有一點點印象的情況下去作，其中治亂興衰那一題，問到燕雲十六州，我動用了《射鵰英雄傳》所提及的南宋政治形勢作答。

我大概已經死了。

沙甸魚跟我一樣，早已經死了——以一種死了的狀態生存。

那個（隨時是最後一次的）暑假，很早開始，每一天都忐忑，連漫畫也覺得不好看，也沒有去大圍的影碟舖租 softcore 看。每天的我，都已經死了。

可能嫌死的時間太多，託同學介紹，找到一份在便利店的暑期工。

工作內容是，所有跟便利店範圍有關的我都要處理，搬貨執貨收銀抹地抹枱執垃圾清洗軟雪糕機（自從某次給了某個小學生四圈半軟雪糕後，作為上司的阿姐，嚴禁我再賣軟雪糕）。

便利店的地點，在新城市廣場三期外，對住希爾頓中心。我返工的時段，下午三時至晚上十一時，期間有半小時食晚飯。

返了六天，終於放假。在那六天，基本上每一天，都會被阿姐埋怨 —— 她從來沒有罵，就只是埋怨，但無論是罵或埋怨，都代表相同的情緒，代表著我令她不滿。

　　我去了戲院。其實不是特別想看戲，只是想暫且逃離外面世界。

　　主角沙甸魚，在超級市場工作 —— 如果預先知道他的工作場所，我不會看這齣戲。

　　同事對他很好，好到一個地步是，有個八婆同事明明在主管面前說了沙甸魚壞話，但依然為他唱生日歌祝他生日快樂，壞話與祝福，能夠並存。

　　沙甸魚屋企也像一間超市，放滿貨架，架上都是他囤積的各類貨品，這些貨品，給予他安全感。外面的世界太危險，只有這個恍如超市的家，最安全。

　　沙甸魚就像《地下室手記》的主角。分別是，地下室似乎甚麼都沒有，沙甸魚卻擁有足以讓他存活好一段長時間的物資。

　　戲名是《沙甸魚殺人事件》，合乎商品說明，沒騙人，沙甸魚真的錯手殺了人，在他那個最有安全感的空間。

　　他從不干預世界，但世界一直干擾著他，最後他被

迫出屋外，大嗌：「做人真係好辛苦呀！」

　　沙甸魚從來沒想過成為偉大的人。

　　但原來不是要求自己成為偉大的人才辛苦，主動、甘願做一個卑微的人，一個寧願躲著但求不干預世界的卑微的人，也辛苦。

　　第二天，回到便利店，如常被阿姐埋怨，如常被她吩咐入去汽水櫃補貨。我躲在那個巨型雪櫃，搬動著一箱箱可樂雪碧七喜生力喜力，隔著雪櫃玻璃門，看著雪櫃外的人，各自拎起自己想飲的，而我就為缺貨的那一行添上一罐。這動作，注定永無休止，但躲在這裡，的確很安全，至少，不用再聽到阿姐的埋怨。

2 晚 9 朝 5

很多事，都因為 A-level 而沒法去做。

那些事，當然都未必是甚麼重要事。

例如某些電影，明明很想看，卻因為要留在屋企溫書（我是文科生，所謂溫書，主要是背書，背中國歷史，背中國文學史），不能夠去看 —— 其實去市中心看一場戲，有理由相信不會怎樣影響（早已被注定的）成績，問題是，看的時候會內疚，有罪疚感。

其他所有電影都可以不看，《晚 9 朝 5》，真的很想很想看。

不因為屬於三級片。老實說，再 hardcore 的，早就在初中時（不慎）看過；那麼渴望去看《晚 9 朝 5》，是因為周嘉玲。

考完 A-level 最後一科那天，立即趕去娛樂城，買了一張五點半戲飛。

入場時，職員以沒感情的聲調問我夠不夠十八歲，我拿出身份證，故意遞到他面前讓他查看。他沒說

甚麼，只是做了個叫我入去的手勢。

　　戲院內人不多，看了看，有一個戴眼鏡的中年人坐在左側座位，一個阿伯，坐在中央。

　　我坐在右後方近入口的位置。

　　三個人，三個不同年齡層的男人。原來也有人跟我一樣，習慣一個人看電影。

　　電影開始了十分鐘左右，入口那塊感覺上從來沒有被好好清洗過的絨布簾揚起，望過去，是一男一女。

　　B班的同學。B班是理科班，是我那年級的精英，由中一至中七，一直都是精英。

　　這一刻，我這個一直平庸的人，正跟兩個不認識的男人，以及兩名我認識但他和她大概不會記得我的校內精英，身處娛樂城，一同觀看一齣三級影片。

　　他和她坐在最末一排座位。

　　原因不明，但總之，我不時（以一種自以為自然的方式）把頭擰向後，偷偷遙望他和她；有一次，當把頭擰回來時，銀幕上那個裸體的張睿羚，已經成功潛入浴室「偷襲」陳豪（到後來租 LD，才補看回這重要一幕）。

　　不能集中。銀幕上的人和胴體明明很誘人，我卻一直幻想著坐在最末一排的他和她：他的手正放在哪

裡？而她又讓他的手放在自己哪裡？其實極有可能，甚麼都沒有發生，他和她跟我一樣，只是想趁考完 A-level 這個難能可貴的時候，看一齣戲——問題是，為甚麼揀一齣三級片來看？為甚麼買最末一排的座位？又為甚麼不仿效我，自己一個入場靜心觀看？

當然不會像 A-level 的試題有 model answer。

唯一確定的一點：周嘉玲在診所內那一幕露點，並不是她，而屬於一個我不知道樣貌和身份的替身。唸預科那兩年，我有定期買《電影雙周刊》來看的習慣，清楚知道，甚麼是剪接。

戲裡那世界，我想像以外。作為一個住在沙田的少年，不常過海，就算過海，主要是去銅鑼灣，中環？不是我會主動前往的地方；晚上九時後的蘭桂坊？純屬概念，而且是從來都不存在於腦海的純粹概念。

其實是很傳統的愛情故事，只是借用了這族群的生活形態，去說的一個愛情故事；特別在，像那年代把場景設在都市的港產片，加上一點點中產標記作為潤飾包裝……以上都不是我的個人意見，是在某期《電影雙周刊》的影評看回來的，我記性好，索性據為己有。

劇終。最末一排座位已不見他和她。

有想過走去他和她的座位看看——不知要看甚

麼，就是想看看，但開場前問我年齡的戲院職員正看著我，我唯有離開。

後來，在大學本部，有遇見過他和她；再後來，分別遇見他和她，分別和另一個她和他在一起。

唯一一致的是，他和她都沒望過我一眼。

而對於《晚 9 朝 5》，一直記得的竟然是陳豪那把很沙的聲。

3 Parklife

那天中午，看電視 —— 我目光的確對準電視畫面，但完全沒細心看正播映甚麼節目。

不算電視迷，升上預科後，甚至連劇集都不太看。最後一齣會定時定候收看的已經是《大時代》。

好奇怪。有些事，明明一直都有做，但當到了某一刻，會突然不想再做，完全沒有預兆。

除了返工。返工是一種從來都不想去做而又不得不去做的事。

兩個多小時後又要準時返去便利店，面對不准我再為客人斟軟雪糕的阿姐，面對買避孕套但又不好意思而同時買下大量薯條蝦片汽水的客人，面對那個可以防止屍體發臭的巨型雪櫃，面對客人不知有心抑或無意但必定會在枱上留下的杯麵湯漬。

以上各種事情的總和：時薪港幣十七元。

電話響起。

「出來食飯。」是健。中二認識他，中三同一班，

25

原校升中四後他選了理科班，我選文科班。其實文科理科都沒所謂，但我物理科成績太差，唯有選文科。文科班三十人，廿三個女生，醜的，佔了十五個；餘下八個？不醜。

本來想約他在瀝源邨蘭香閣（這是我在沙田最喜愛的餐廳），問題是，返工的便利店在新城市廣場第三期，距離太遠，唯有改約在沙田廣場地下的哈迪斯。從來不愛提子味芬達，但每次去到哈迪斯，都總會飲提子味芬達。提子味芬達配脆薯圈，我最喜愛。

沒有甚麼特別話題。認識六年了，要談的都已談過了；也不想談及 A-level，一個才剛遭受折磨虐待的人，總不會想立即憶述被折磨虐待的種種細節吧。

「陪我去買 CD。」健說。我知道他有聽歌，主要是李克勤的歌，每次唱 K，他都要唱〈紅日〉—— 由頭到尾嚴禁別人合唱，如果有人跟他一起唱，就算只是唱了那段「Haha......hahahahahahaha」的前奏，他都會立即把歌按停，由頭唱起。在唱〈紅日〉（以及李克勤其他的歌曲）這件事上，他向來嚴謹認真。

我們去了沙田廣場的唱片舖。當以為李克勤又出了新碟，健竟然走去擺放英美音樂的貨架，並在「B」那一排，拿起一張 CD —— 封套上沒有李克勤而只有兩

隻正在賽道上跑的狗。瞥見專輯上有兩個英文詞語，但我只識讀其中一個：Parklife。

盛惠一百二十元。我要在便利店工作整整八小時才買得到——只做七小時？尚欠一元。

「你不是只聽李克勤的嗎？」我認為我有需要問健。

健沒理我。

我一手搶去他手上的膠袋，拿 CD 出來看，他一手搶回去。「說了你也不會識。」

我說了一句粗口後，再加了句「巴閉」，當然在「巴」與「閉」之間我加了一個字。

英國樂隊囉。他說。他在「英國樂隊」之前也加上了一個單字。

「你不是只聽李克勤的嗎？」我把之前問過的問題重複。

「想學聽 band sound。」說「band sound」時，語氣有點煞有介事。

「你不是只聽李克勤的嗎？」

「你好煩！」

然後他總算把買這隻 CD 的原因交代。他在打工的餐廳，認識了一個客人——客人當然是女的，比我們大一年，在大學讀英文系。有天他們談起聽歌，她說她

喜歡一隊叫「Blur」的英國樂隊（健轉述時，把「Blur」讀得很難聽），很期待他們將推出的第三張專輯，很喜歡現時英國搖滾正流行的 Britpop 云云。「不過，就好討厭一隊剛冒起的叫做……Oasis……」說到這裡，健已不能再說下去，很明顯，已嚴重超出他的認知範圍。

「她有問你鍾意聽甚麼嗎？」

健點了一下頭。

「而你沒有說出你真正鍾意的是李克勤。」健沒點頭，也沒否認。

「你果然很庸俗。」健沒有回應。或許連他自己也這麼覺得。

幾個月後，健把這張 Parklife 給了我；去唱 K，繼續唱〈紅日〉（繼續由頭到尾嚴禁別人合唱）。

而我後來就做了我口中那件庸俗的事 —— 為了一個女同學，而去買 Oasis 的 debut album，*Definitely Maybe*。

庸俗嗎？Definitely maybe。

4 一生一心

在便利店工作，有三件事我最懼怕。

1. 每晚交更前，需要在收銀機預備三百六十元正，留給下一更同事 —— 不是三張一百元紙幣加六張十元紙幣，當中需要包含各種硬幣，五元二元一元五角兩角一角，而每種硬幣數量要相若，例如不能有很多五元而只得一兩個一毫，又或太多毫子太少五元二元一元……否則，下一更的同事在找續時就可能會給太多毫子客人，沒有人想褲袋內都是五毫二毫一毫。這件事對阿姐來說，很簡單，對於我？極難。頭一星期，都是阿姐（在看不過眼的情況下）幫我處理。在第七晚，她以一種似乎在自言自語的聲量若無其事地說了句：「真廢。」

2. 見到 supervisor。Supervisor 是個女的，戴一副幼框眼鏡，梳一個不長不短的髮型，簡單講，存在感薄弱，置身人群裡，必定被隱沒。或許連她也清楚自己這種特質，每當向阿姐和我下指令時，必定很大聲，兼刺

耳，而她又能夠持續地向阿姐和我下指令，以致我們必須持續地聽她那把刺耳的聲音。有天 supervisor 離開便利店後阿姐跟我說：「聽沙角邨分店講個八婆未拍過拖，隨時是老處女！」原來在阿姐的概念裡，「未拍過拖」等同「老處女」，而因為是「老處女」，以致她這麼討人厭。我沒說甚麼，只管將垃圾箱那大袋垃圾拿出來，包好，並換上新的黑色垃圾袋，然後把那袋包好的垃圾擺出店外，等待商場的職員拿走。

3. 見到同學。我這份暑期工，並不高尚，也不算下賤，但我實在太自卑，一份本來沒甚麼問題的正常工作，一旦由我去做，都似乎會變得下賤，下賤到不想被別人知道。基本上，我只讓健知道 —— 健，在咖啡店打工，很喜歡李克勤，但為了一個大學生而迫自己去聽甚麼 Blur 甚麼 Britpop 的那個朋友。

而通常你最懼怕的事，就是你必然會遇上的。

某天傍晚，阿姐躲在休息室（一個只有十多平方呎的密閉空間）食飯，我正在整理雜誌架上的雜誌 —— 嚴格來說是成人雜誌，某本格調較高雅的，封面女郎是某個剛剛宣布拍三級片的電視台藝員；向來不算喜歡她，但封面上的她，半身，赤裸，用手掩在胸前，又的確比平日（穿著戲服時）好看吸引。

「想問問這款止痛藥還有貨嗎？」

我回頭看，是她 —— 跟我同校不同級，唸中五文科班的女生。記得她，是因為她有參加中文學會。那一年，她中四我中六，校方要求中六學生必須參與籌辦一個學會，我揀了中文學會。

我不確定她是否認得（或記得）我，而只確定當時我手上正拿著一本（格調較高雅的）成人雜誌。

先把雜誌放回它本來所屬的位置，再走去放藥物的貨架看，不見她想買的那一款止痛藥；走回收銀處，打開收銀處後方的櫃看，也沒有。「Sorry，應該未有貨。」後來回想，那聲「sorry」說來是有點作狀。

她笑了笑，準備離開。

我叫停她：「我剛好有一排，如妳需要，可以給妳。」沒等她回應，已從自己褲袋裡拿了出來，遞給她。那天我頭有點痛。

「幾錢？」

「不用了。」

阿姐從休息室出來，望向我，我走到雜誌架，把亂了的雜誌擺好。

第二天傍晚時分，她又來。

「想找你食飯。」

我一時間不懂回應，但還是能夠理性回答：「我食飯只得半小時，而且公司規定，一定要在這裡。」

「那麼就在這裡。」

她買了個海鮮味杯麵，我買了個牛肉味杯麵。在等待的三分鐘，我想起，這段時間她應在考會考。「還有多少科要考？」

她看著杯麵：「我沒報考。」沒等我再問她便說：「反正都要走了，去澳洲。」

「明白明白。」

吃完杯麵，她說：「我想食軟雪糕。」

我走到收銀處，卻想起，阿姐嚴禁我再斟軟雪糕。

「你斟啦，我要補貨。」阿姐說。

結果我斟了四圈半給她。阿姐知道，必定罵我。

這四圈半雪糕對她來說明顯太多，但她還是努力把它吃完。

「走了，拜。」

枱上留下她的小袋。我拿起，跑出去，已經見不到她。

本以為她會回來，但到了晚上十一時我收工，她都沒有來。我再等，等到深夜一時，沒辦法，要回家了。

我沒有把袋打開 —— 始終不道德嘛，但我一直把它拿著，硬硬的，裡頭應該是一盒東西。

深夜三時。可能夜深，人的道德感被黑夜侵蝕，我把袋打開。

裡頭是梁朝偉的《一生一心》CD。記得是年頭推出的 EP，收錄了三首歌。

我不算他歌迷，但很記得那首〈一生一心〉—— 我一直把歌詞第一句聽錯，把「瀟瀟灑灑的給我瀟灑的上機」聽錯成「瀟瀟灑灑的給我瀟灑的相機」，心想，究竟甚麼是「瀟灑的相機」？

我把 CD 放進床邊的 CD 機，塞住耳筒，由〈一生一心〉聽到〈一天一點愛戀〉，再聽到〈你是如此難以忘記〉，然後由頭開始，再聽，聽到終於不自覺地睡著了。

第二天，我把 CD 放回盒內，再把盒放回小袋裡，帶著返工。

我再沒有見到她。

她的名字？我不知道，一直都不知道。

5 Final Fantasy VI

我想我要辭工了。

「辭工」是個從來沒有在我腦裡出現的想法。

中五暑假，返過一份在蠟燭廠的雜工，雜工意思就是：甚麼都要做，搬貨、清潔、整蠟燭 —— office 裡的工作除外，我的工作範圍僅限於廠房，廠房旁的 office，是專為文職而設，有冷氣。廠房沒有冷氣。

1992 年 6 月和 7 月，我就在這個不設冷氣的地方，每天全身流著汗，搬貨、清潔、整蠟燭。

時薪十五元。那兩個月，從沒想過辭工，但是到了 8 月，知道可以升中六了，才想讓自己在開學前一個月休息一下，去宿營。

現在這份便利店工作，時薪十七元，有冷氣（有時入大雪櫃補貨時甚至過冷），不需要搬每包重五十磅的石蠟，但我竟然想辭工。

那天 supervisor 來巡舖，再一次用她那把刺耳聲音，大聲向阿姐下各項指令，我沒理她，在執貨。

「你今日抹乾淨這個架。」Supervisor 說，說的時候看著我。

她要我抹的架，用來放罐頭，如果抹，就要先將罐頭搬下來，抹好了，再放回去。

我去休息室拿膠桶，放滿水。「只用水抹不乾淨，加沙粉。」我照做，把沙粉倒在桶裡，水立即變成奶白色。

大概用了四十五分鐘，我把五層貨架抹好，並把罐頭擺回去。

在我準備把那桶已變成灰色的水倒掉時，聽見 supervisor 刺耳的聲音：「你將罐頭擺到側向了一邊！」她不知從哪裡拿出軟尺，先量度左側貨架邊緣跟旁邊罐頭的距離，然後，再量度右側貨架邊緣跟旁邊罐頭的距離。「足足相差五厘米！你將罐頭擺到偏向了左邊！」

但不是將全部罐頭推向右邊便可以，一來太重，二來這樣做只會令罐頭擺得更亂（加上 supervisor 一直在監工），唯有把罐頭逐一拿下來，拿著軟尺，量度清楚，先把一罐罐頭放在最右邊，再把另一罐放在最左邊，確保兩邊的罐頭跟貨架兩側的邊緣距離相同了，一致了，才慢慢把罐頭逐一放回。

過程中更要確保罐頭上的招紙面向外。

「剛才那樣擺，嚴重影響了貨架的美觀程度。」

「你這種態度，外面沒有一間公司可以容忍。」

那一晚，臨近收工，我正在煩惱如何整合那三百六十元留給下一更同事。「我幫你啦。」阿姐說。

收工後，去了民的家。他跟我住在同一個屋邨，只是住在不同座。

他正在玩 *Final Fantasy VI*。遊戲在 4 月初推出，我沒買 —— 我喜愛日系 RPG，但一向都是站在 *Dragon Quest* 那一方，嫌 *Final Fantasy* 經常改動作戰系統，而且實在推出得太密。

「還未爆機？」

「正在玩第三次。」

民中五畢業後，沒有升學，找了一份在車房的工。

「你不用返工？」

「我每一日都好努力工作，收工過後就努力打機。」

民一邊拿著超級任天堂的控制器，一邊看著有點刮痕的電視熒光幕，一邊為我解說 *Final Fantasy VI* 的故事背景，原來這集故事發生在一個沒有魔法的世界。民跟我相反，他從來都不喜歡 *Dragon Quest*。

「下星期找一天，請你去麗豪食自助餐。」

「原因？」

「上個月老闆加我人工。」最初他不肯說加了多少人工，後來卻又主動說：加了一千五百元。

我和民在中二時認識，大家都愛玩 RPG。

「那是一個最公平的世界。」民說。「任何人玩 RPG，都能夠變強，爆機，只要你肯付出時間，專心打怪獸儲 level。」

而且任何人開始遊戲時，都是 level 1。

但讀書不同，不是你肯付出時間就能變強 —— 民由一開始就決定，會考後，不論成績如何（況且他有信心成績一定不會好），不再升學，找一份工。

至於為甚麼一定要在會考後？他解釋，中五畢業是很多工作的基本要求。

「夜了，我要開早。」民說。

深夜一時半。我也有點累了。

「你對手有皮膚病？」

原來我雙手嚴重龜裂。

「沒甚麼。」我沒有解釋，今天雙手長時間浸在加入了沙粉的水裡。

6 高橋由美子

終於等到例假。

換了件衫，準備落樓下商場茶餐廳吃早餐。當我正在思考應該吃沙嗲牛肉麵抑或公司三文治的時候，電話響起。

是健——我聽到電話筒傳來李克勤的〈回首〉。這是健另一首 all time favorite，地位僅次於〈紅日〉。〈紅日〉永遠在榜首。

「有沒有『性』趣去 Paul 屋企？」

他是故意把「興趣」的「興」讀成「性」的。

Paul 是我們那一級男同學的 AV 供應商——Paul 的 AV 怎樣得來？我從來不過問，只知道不是任何同學都能夠看得到他的 AV，簡單講，品學兼優的，運動出色的，Paul 都不會讓他們加入這個不對外公開的影視會，而我早在中三已經獲邀加入，不知幸抑或不幸。

或許返了六日工，總之，不在一種想看 AV 的情緒和狀態。

「沒『性』趣。」我答得有點冷淡。

坐在慣常坐的卡位，選了公司三文治，凍奶茶。雙手仍然因為之前浸在用沙粉開的水而嚴重龜裂，改用叉去吃，但這樣用叉來吃公治，的確不方便，不是炒蛋掉出來，就是那片餐肉掉下來，總之，就是不像用手拿來吃的時候，一啖便能把每一層都放入口中。

平日必定會買香港的漫畫一邊吃一邊看，但今天沒有我追看的出版。吃完，回到家，坐了一會，換上一條牛仔褲。

出旺角走走。

由我住的屋邨，沿著城門河，步行十五分鐘，到了大圍火車站。火車的冷氣，總是比起地鐵的涼，有可能是地鐵比較多人，不像火車，車廂內總是疏疏落落。

最討厭由旺角火車站下行至亞皆老街前的那段路，在夏天，必定全身汗；現在還未踏入 5 月，氣溫不算高，只是今天濕度頗高。

先去黑布街。那條街有間漫畫舖，未開舖；走到奶路臣街，對住麥花臣的是宇宙船，看看新出的日本動漫雜誌，大部分都很想買，但我跟自己說：絕對不能買。

還未去信和。

今天主要目的是去信和地庫，看看有沒有高橋由美子的相關新 product。

真的很愛高橋由美子。

從來不讓健和其他較熟絡同學知我很愛高橋由美子這件事——我曾經在他們面前說：自己最討厭 cutie 的女孩。

無論怎樣審視高橋由美子，她都是一個徹底 cutie 的女孩吧。但請相信我，我愛高橋由美子，真的不因為她 cutie，而是她的歌，如實地，令我感受到一種難以形容的朝氣和生命力。這麼神秘的東西，我不相信健和其他同學會明白，而只會（膚淺地）認為我純粹喜愛高橋由美子那份可愛吧。很介意他們這樣看我，誤解我。

為了買高橋由美子的 single、album、LD、寫真集，以及任何有她做封面的雜誌，我捱了很多次餓，務求把零用留起來，作為「高橋由美子基金」；問題是她的 product 實在出得太密，我的零用又實在太少（而肚又經常地餓）。

果然又推出了一些新 product，首選是 *Good-bye Tears* 單曲，《霸王大系龍騎士》主題曲，只是年頭推出的《縮水情人》主題曲《友達でいいから》我一直都未買……

拿起這兩隻 single，很想一併買下，但只能買其中一隻……

吸一口氣，兩隻都買下。

帶著喜悅（和悔疚）離開舖頭，走去在同層的一間開在角落專賣各類寫真的店舖，看見新一期 *Video Boy* 出版了，封面是我很喜愛的 AV 女優……

不買。不想 AV 女優雜誌跟高橋由美子 single 共存在同一個膠袋裡。

上去一樓和二樓（向來不去閣樓那層）的漫畫舖，不少新漫畫已出版，但只能揀其中一本來買。

離開信和去靈機，打了幾舖機，走去角落處，看別人打那隻鹹濕麻雀 game。千辛萬苦就為了一睹那幅用點陣圖繪畫的裸女，其實也算是一種誠意。

突然憂慮高橋由美子有一天不紅時會不會拍露點寫真？過往太多 idol，結果都這樣。

如果她真的出了這麼一本露點寫真？我會買來看嗎？

一定不會。我答自己。

7 His 'n' Hers

正在等見工。

當我連大學也不知道能否順利升讀，連前途也不敢想，竟然先想轉工。

沙田廣場地下的美國漫畫店請人。店由一對夫婦經營。

大概是在 1992 年，開始看美國漫畫。不像看香港漫畫和日本漫畫，看美國漫畫我主要看圖畫 —— 有嘗試努力去看當中的文字，但就算一邊查字典一邊看，仍然看不明白。

不過，總算對美國漫畫有基本認識，除了 DC 和 Marvel，也有看 Image 的出品。Image，1992 年由七位漫畫家成立，不像替兩間大公司供稿的同業，這七位漫畫家，能夠擁有作品的版權。

「問心，我最鍾意看 Image 的漫畫。」我說。如果說自己只看 DC 和 Marvel，似乎太普通太平凡。我試圖

在見工時突出自己。

「唔，唔。」漫畫店老闆托一托眼鏡。單憑這兩聲「唔」，我不能判斷自己的勝算。

老闆娘說：「有消息立即通知你。」

我答了聲「OK」便離去。這時候，見到 Patrick。他是我在這間漫畫店認識的。

有天，我正拿起 Simon Bisley 一本漫畫，專心欣賞封面，聽見身旁有把聲音：「Damn good！」是個青年，年紀應該比我大。

必須承認，聽見「damn good」那一刻我的確有點驚惶失措。當我急速思考應該動用哪一句在英文堂學到的說話來回應時，那個說出「damn good」的青年說：「Simon Bisley 太犀利。」

「Yes──」我竟然用英文回答。

在校內也有不少同學看漫畫，但看的不是香港漫畫，就是日本漫畫，從來沒有同學會跟我討論美國漫畫。

他介紹自己：Patrick。我沒有說出自己的英文名（中三那年英文課老師強迫我們為自己起一個英文名）。那天，我跟 Patrick 就美國漫畫談了很多。必須承認，我大部分所說的，都是借用自別人的觀感。

之後每次在漫畫店遇見，都會討論好一會，只是從來沒有交換電話。

　　「去我屋企？」認識了大半年，這是他第一次邀請我去他屋企。我說了聲「OK」。

　　他住沙田第一城一個高層單位，比我住的公屋單位大很多。

　　沒見到他家人。

　　他帶我到他房間，房間面向城門河；我沒有欣賞河景，只專注地看著房裡面那兩個靠牆的大書櫃。

　　裡頭全是美國漫畫和 CD，排列得很整齊。一直都想將自己儲下的漫畫這樣整齊排列，但沒有這樣大的書架（因為沒有這樣大的單位和房間）。

　　「隨便看。」Patrick 說。

　　原來當眼前選擇那麼多時，你根本難以選擇。

　　「我想播點歌，你不 mind？」

　　「Mind⋯⋯不 mind。」

　　是英文歌。

　　我很喜歡那旋律。

　　是過去在聽廣東歌和高橋由美子時從來沒有聽過的一種旋律。很難形容。如果真的要我形容，我只能這樣形容：感覺很愉悅，但愉悅之中，又似乎隱藏著一點

點苦澀。

「這……一首是？」我突然很想知道這一首歌的名字。

「*Babies*。唱的是 Pulp。」

「Pulp」，一個未曾存在於我那貧乏詞庫中的字。

「好聽。」

「你也喜歡 Britpop？」

「Britpop」——立即翻查腦海裡那個無形詞庫——找到了！是健早陣子說要買 Blur 專輯時提到的。

「都……不錯呀！那隊 Blur 也是這種音樂風格……」我本來想說的是「那隊 Blur 也是 Britpop 風格」，但實在害怕把「Britpop」讀錯——其實健有在我面前讀過這個字，但我不信他。

「Blur 我也有聽！但如果要比較，我比較喜歡 Pulp。」

然後 Patrick 向我簡述了 Pulp 的歷史。早在 1978 年已經組成，但一直紅不起，直到今年推出收錄了這首 *Babies* 的 *His 'n' Hers*，才總算受到外界關注。

「樂隊 vocal Jarvis Cocker，絕對是天才，對於人和社會他有很獨到的觀察。」

「這首 *Babies* 在說甚麼？有沒有歌詞？」

然後 Patrick 說了一句我大概會記一世的話 —— Please do not read the lyrics whilst listening to the recordings —— sorry，那一剎霎時間，其實根本聽不清楚他說了甚麼。

　　他拿出 CD 盒內的歌書，揭到印了歌詞的那一頁，歌詞的字體很細小，細小到似乎沒想過讓人看的。在歌詞上，那一頁最頂，印了一行字。

　　NB: Please do not read the lyrics whilst listening to the recordings.

　　「請不要在聽歌時看 lyrics。」我估，「lyrics」意思，應解作歌詞。

　　「聽歌就聽歌。Please remember，歌詞是構成歌曲的一 part，但這一 part，附屬於歌本身。」

　　OK。我會記住。

8 餓狼傳說

美國漫畫店的工作一直沒有回音。我打過幾次電話去問，老闆娘說仍在見人。

我說，到最後無論請不請我，也請覆我。老闆娘說「好呀」，「好」與「呀」之間，相隔大概兩秒的距離。

我承認我真的很渴望得到這份漫畫店的工作。明明在等待 A-level 成績的我，似乎已經對升學絕望。

有天臨近收工，阿姐說沙角邨分店不夠人，叫我過去幫兩日手。

這消息令我惶恐。即使做得不好，但總算適應了這裡的工作環境，也習慣面對這個阿姐。

不知道沙角邨分店個阿姐是怎樣的？惡的嗎？會否嫌我廢？（我完全沒想過有可能是阿叔。）

是阿姐。她先跟我簡介這間分店的特點，有甚麼要注意，說的時候，速度不太急也不太慢，聲調方面，不會太高，也不會太低沉。

感覺就是剛剛好。

之前每一天返工，都覺得時間過得很慢，這兩天在沙角邨，不知不覺就過去了。

甚至有想過，不如提出調到這分店？當然，我沒有，我真正渴望的是在美國漫畫店工作。

只是老闆娘一直沒有覆我，我又不好意思再打電話去問。

某天返工前，約了健，去瀝源邨的蘭香閣吃午飯。我最喜歡坐在近窗的那排卡位。

「剛才經過韻彙，見到學友出了新碟。」

談不上是張學友歌迷，但買他的碟聽他的歌，的確會有一種「懂得聽歌」或「有品味」的感覺。

之前的《真情流露》、《愛火花》、《我與你》我都有買，比較常聽的是《愛火花》，最少聽《我與你》，或許因為不喜歡〈忘記他〉。

吃完午飯，我和健沿著瀝源邨商場延伸的天橋去好運中心，先入龍城，看了看，沒追看開的漫畫出版；經過好幾間 CD 舖，都沒有張學友新專輯，不知是售罄抑或未返貨；沒辦法，還是要去韻彙，始終貨最齊，問題是賣得比較貴。

果然有。是特別版，一個比一般 CD 盒 size 大的白色紙盒。我想也沒想便拿了去收銀處。

「聽完借我。」健說。健總是問我借碟聽，他的李克勤專輯，卻從不外借——我也沒興趣問他借。

收工回到家，沖涼後，拿出那個白盒，拆開膠袋，打開盒，取出 CD，放進 CD 機。由〈春風秋雨〉開始，〈餓狼傳說〉、〈這一次意外〉、〈來來回回〉、〈只有你不知道〉，一直聽到〈非常夏日〉，突然不想再去聽餘下那四首歌。

原因不明。

反而拿出之前 Patrick 借給我的 *His 'n' Hers*，由第一首歌開始聽，聽到第五首歌 *Babies* 時，連續聽了三次；我的英語聆聽能力向來欠佳，甚至稱得上差，但還是能夠依稀聽到那兩句「I want to give you children」、「You might be my girlfriend」。

Babies 是一個高潮，到第八首歌 *Do You Remember the First Time?*，另一個高潮。

His 'n' Hers 比《餓狼傳說》好聽。

Jarvis Cocker 的歌聲，比張學友好聽。

或許這樣比較並不恰當，但這的確是我那一刻的感覺，相當真實的感覺。

當然張學友的歌藝絕對無可挑剔，但比較起來，Jarvis Cocker 並不是單純在唱歌，更似在努力呈現、傳

達一點甚麼 —— 我不知道怎樣形容才好。如果真的要我拙劣地形容：Jarvis Cocker 的聲音，能夠鑽進我的心。

　　第二天，返便利店前，我把那個簇新的、放了《餓狼傳說》CD 的白盒，拿去好運中心某間有收二手碟的舖，賣了。我把白盒交給老闆，老闆抽著煙，把三張二十元紙幣遞給我。

　　從此以後我再沒有購買張學友任何一張專輯。

　　離開好運，順道行過去沙田廣場；去到美國漫畫店門前，老闆和老闆娘都不在，只有一個從未見過的四眼男子在看舖。

　　老闆娘應該永遠都不會打電話給我。

9 滿清十大酷刑

我手持兩張戲飛，在 UA6 售票處。

兩張《滿清十大酷刑》九點半戲飛。

戲飛不難買，隊也不用排，可能因為是平日晚上，可能因為沒太多人想看甚麼十大酷刑，也有可能是 —— 沒有人想看翁虹。

是健約我看。

但我承認，我也想看 —— 當然是因為想看翁虹，而不是為了一睹那滿清十大酷刑的風采。

一直有觀看亞視的習慣，理所當然，有看亞姐選舉。我清楚記得翁虹戴上亞姐后冠的歷史一刻（不排除沒甚麼人會認為這一刻值得被歷史記住），但那一屆亞姐我更記得的其實是，陳珊。

其後，翁虹拍《擋不住的瘋情》，我和健有去看，散場後，他不停在我身旁嗌「阿輝阿輝」。阿輝，全名孫志輝，任達華在戲裡的角色名字，狂迷一名，瘋狂迷戀翁虹。

大部分港產三級片我都是和健一起看，主要原因是他生得高大，樣子也比真實年齡來得成熟，買戲飛時從來沒有被留難。

「香港三級片那些 sex scene 都是廢的。」健曾經這樣說。他願意繼續買飛去看，純粹為了看那些女星的胴體。在這方面他從不隱瞞，我欣賞他這份誠實。健說他最喜愛的港產三級片是《哎吔女朋友》，這一齣我也喜歡，只是嫌喜劇成分太濃厚，所以我比較喜歡《太太的情人》，喜歡那沉鬱的調子。

「導演成功營造一份落寞的都市感。」我說。

「我懶得理甚麼都市感，我只想看童鈴、植敬雯。」健說。

在看三級片的態度上我們有一點相同：最憎看古裝三級片。

那麼為何還相約去看《滿清十大酷刑》？

因為翁虹。

九點廿五分。還是不見健。

有想過打電話去他屋企，問題是，距離最近的公共電話，在沙田大會堂，一來一回，肯定趕不及開場。

九點廿八分。算了。

翁虹角色，小白菜——我有讀中史，但對小白菜

與楊乃武這宗清末疑案完全不知曉。

演楊乃武的是吳啟華。他演過的三級片我大部分都有看，比較喜歡《玉蒲團之偷情寶鑑》。《香港奇案之吸血貴利王》也不錯，他的角色名叫林過仁，一個已康復的 serial killer，康復到一個地步是，有俠義心腸，主動協助主角報仇。

愈看下去愈覺得，這齣《滿清十大酷刑》根本就是一齣三級版《九品芝麻官》，放大了屈打成招的部分，以便名正言順向翁虹／小白菜施以各種酷刑。

《擋不住的瘋情》好看得多。

散場，十一點。健竟然在戲院外。

本來立即想向他說出連串粗口，他卻先向我道歉 —— 笑笑口道歉，或者他真的充滿歉意，卻又掩不住喜悅。

他剛才跟返暑期工認識的女同事吃「dinner」（他的而且確是說「dinner」）。

「介紹你聽 Blur 那一個？」

「那個是客……那個，已經不重要了……」

簡單交代就是：健臨時成功約到同樣在餐廳返暑期工的女同事吃「dinner」，「dinner」後，再去看電影。

「看哪齣？」

「《龍虎新風雲》。June 鍾意劉青雲。」

當我正在獨自觀看翁虹在一個明顯是廠景的地方承受各種慘無人道的酷刑，健跟他的 June，在同一時間不同地點，看劉青雲。

「好看嗎？」

「我寧願看翁虹。」

我們經過沙田中央公園，走上瀝源橋，到了城門河的對岸；經過乙明邨，到達沙角邨冬菇亭，食宵夜。

健說今晚由他請客。我點了些平時嫌貴而絕對不會點的餸菜。健點了生炒骨，每逢跟他叫餸食飯他都一定點生炒骨。

他將跟 June 由吃「dinner」到看《龍虎新風雲》的過程，（太過）鉅細無遺地跟我分享，連 June 的某一句回應、某一個眼神、某一下（可能不由自主的）嘆氣，都清楚交代，託我為他解讀。

我嫌煩，他說：「之後請你去看《滅門慘案 II 借種》補數！」

我問健為何不帶 June 去看這齣由鄭艷麗主演的電影？健邊咬著生炒骨邊說：「黐線！」。

10 都市情緣

一朝早收到健的電話。

「急事！陪我去看十二點半《都市情緣》！散場請你食飯！你返三點嘛！」

在李克勤〈跳舞波鞋〉作為背景音樂的情況下，健一口氣說了以上四句。

他約我十二點，戲院等。

「要約那麼早？」

「有重要事傾。」健語氣很堅定。認識他多年，絕少聽到他動用這樣堅定的語氣。

健要傾的重要事，與 June 有關。

「我約了她今晚看《都市情緣》。」

「那麼還約我看？」記憶中，健極少買飛入場看同一齣戲兩次，就算遇上很想翻看的，他會等到電影出影碟時才（叫我）去租。唯一一齣他等不及出影碟而買飛入場重溫的是《哎吔女朋友》。「太鍾意顧杰和陳穎芝！」他的解釋，激昂簡單直接。

「我需要你的影評，或觀後感，whatever。」健說。過去的健，不會在說話時加上英文單字。或許這就是聽了 Blur 和 Britpop 後的影響。

「我不明白。」我真的不明白。「我的影評，或觀後感，whatever⋯⋯跟你之後約 June 有甚麼關係？」

「她喜歡在看完一齣戲後不斷討論⋯⋯」

我沒說甚麼，等健把話繼續說下去。

「但你知道我往往看完就算，有甚麼需要討論？」和健一起看電影已有一段頗長時間，記憶中（為何我的記憶充斥著他？），他只在看《本能》和《哎吔女朋友》後發表了一些感想，而所謂感想，其實來來去去都是說「好正呀好正呀⋯⋯」。

健咳了一聲：「你不同，你看電影比我多，還不時看一些感覺好高深的藝術電影，看完了，又會有感想發表，你這一點我向來很敬重。」我倒不覺得他有多敬重我，但人就是這樣，恭維說話往往容易入耳。

他不知道的是，我很多觀後感都借用自《電影雙周刊》。

「簡單講，你想我看完後先把觀後感講你聽，當成你自己的觀感，以便跟 June 討論時可以使用。」

「Exactly。」

個半小時後，散場——在還未完全離開戲院範圍時健已不斷追問我有甚麼觀後感。

「問心，幾好看。」

「沒有了？」

「無疑是，有點俗套，但俗套從來都不是問題，況且這一齣是商業電影，商業電影的對象，就是一群普羅大眾——嚴格來說，是口味最庸俗的一群人。」

「可以不用『庸俗』這一個形容嗎？」

「有甚麼問題？」

「June 其實是……黎明 fan……」

「那麼你一於這樣說：戲本身庸俗，但黎明絕對演得不庸俗。」

健大力拍了我背脊一下。

健說，June 是看了幾年前那齣電視劇《人在邊緣》，開始鍾意看劉青雲做戲，同時，成為了黎明 fan。

「她的這個描述有點古怪，似乎在說黎明能夠有 fans，而劉青雲就不配有 fans。」

健想了一會，才說：「不要糾纏在這一點……還有沒有其他感受？」

我認真地想了一會——我可能真的想去幫健，但其實更希望表現一下自己——即使屆時在那個 June 面

前說出來的並不是我。

「你可以說⋯⋯黎明在《人在邊緣》的角色，跟這齣《都市情緣》的角色，近乎是同一類人，到最後，都同樣得到一個機會重生。黎明演繹這類角色，比起其他幾個天王都好。」以上這番說話倒是我的真實感受。

我突然想起黎明一張兩年前的專輯 *I Love You OK？*。

這是我唯一一張買過的黎明專輯。原因？連我也不知道。

奇怪是這張（封面上的黎明面容明顯有點扭曲的）專輯，我不時翻聽，聽著，會產生一種落寞感——一種活在都市的落寞感。而其實我所住的只是有條臭河夾在中間的沙田新市鎮。

「在這齣戲，劉鎮偉拍了一份都市感出來。」我有點自言自語。「具體一點說，是一種落寞的都市感。」

健又再大力拍了我背脊一下：「去食飯！」

回到便利店的時候，外面剛剛下起雨來。

6 月初有點悶熱的一天。正在下的那場雨也不足以驅走那種悶熱。

站在收銀機前，收錢找錢拿煙斟思樂冰。心裡似乎總在想著一點甚麼。

往日有一些也許未放下？

這是黎明〈但願我瀟灑〉其中一句歌詞。

11 Amplified Heart

　　這段時間的生活大概是：起床，返便利店，放工，等待放假，出旺角去信和，又或留在沙田，去龍城買本漫畫，找健（但他近來忙著找那個名叫 June 的同事），去 UA6 找齣戲看，去蘭香閣吃午餐或下午茶，坐在窗旁卡位，遙望禾輋邨。

　　當你有了工作後，生活就是如此重複。

　　今天意外地，Patrick 打電話給我。本來已經走到較口，打算去商場茶餐廳吃早餐，但忘了帶銀包，打開家門鐵閘時，正好聽到電話在響。

　　Patrick 問，有沒有興趣接收一些 Simon Bisley 的漫畫？

　　當然有。我說吃完早餐後去找他，兼順道還碟 —— 把他上次借我的 *His 'n' Hers* 歸還。

　　我換了一件剛洗好的 T 恤，一條同樣剛洗好的牛仔褲（本來只穿了睡覺時的爛 T 恤短褲）。去到商場的茶餐廳，坐在平日坐慣的卡位，向在這裡工作很多年的

侍應，點了早餐 A，火腿通粉煎雙蛋凍奶茶。

味道跟之前每一次吃到的都相同。這種相同，似乎令我安心。

悶熱。天是灰白的，似乎想下雨。

由我住的屋邨去沙田第一城，有兩個方法：乘 82K 巴士或截的士。

如果約的是健，我肯定會選搭 82K，但這一次，選擇乘搭的士。

82K，堪稱全沙田最神秘的一條巴士路線，你想搭的時候，總是等不到；你不需要搭？可以連續三架 82K 在你面前囂張駛過（囂張純屬我的主觀感受）。人生中唯一一次成功搭上這架 82K，是去美林，到達時，我已遲了三十分鐘——等車等足三十分鐘。

來到 Patrick 家，還是跟上次所見的一樣，一樣的寬敞，一樣的雅致，一樣的舒適。

先把一個膠袋遞給他，膠袋內是他上次借我的 *His 'n' Hers* CD。

「Thanks！」Patrick 指著茶几上一疊放得很整齊的漫畫。「這些是給你的，不是全新，希望你不 mind。」

其實跟全新無異。封面上沒有半條摺痕，書角都還維持直角形狀——把手指放上去，是會令你刺痛的

那種完美九十度直角。

大都是 Simon Bisley 作品，例如他幫 DC Comics 畫的 *Lobo*，還有一些替其他出版社畫的全彩稿漫畫，我最喜愛他繪畫的誇張肌肉，肌肉不只出現在男性身上，女性角色一樣滿身肌肉。

除了 Simon Bisley，還有一些 *Batman* 漫畫，我看了看，竟然是一整套 *Knightfall*，蝙蝠俠慘被 Bane 弄斷尾龍骨。

「我多了一套。」Patrick 說。

我很喜歡這故事系列 —— 嚴格來說是喜歡當中的畫，尤其喜歡 Kelley Jones 畫的封面，他畫的肌肉，很特別，有很多一粒粒的，明明不真實，但你又會感受到那種結實。至於故事，其實沒太仔細去看。

「That's all。麻煩你了。」Patrick 說。

這時候才留意到 CD 機正在播的歌。

一把女聲，一把我從未聽過的女聲。

「是哪位女歌手？」

Patrick 最初似乎不明白我的問題，他想了想，才笑著說：「是組合，英國的，Everything But the Girl。」

Everything But the Girl，又一個我未曾聽過的名字。我喜歡這個名字。

「有幾多個人？」

「Two。Tracey Thorn and Ben Watt。一女一男。」

「玩的也是 Britpop？」外國音樂類型上我暫時只說得出這一個。

「Sophisti-pop。要解釋的話，有點 complicated，我也怕自己解釋錯，大概是，一種 mix 了 jazz、soul 的音樂風格，但如果單單這樣說，又似乎太片面，不夠準確……」

「可以由頭開始聽嗎？」

「Sure。」

第一首歌，*Rollercoaster*。

我自然聽不出是哪種樂器，卻似乎聽到一種氣氛，以及一種大概可以形容為「情緒」的東西。

在完全不知道這首 *Rollercoaster* 的主題下，我竟然有一點哀愁。

我走出露台，用力地，吸了一口氣，再用更大的力度，呼了出來。

Patrick 家的露台對住城門河，大涌橋路上如往常，有不同類型的車在行駛。

天灰白而悶熱的一天，其實就像過去每一天。

「OK？」Patrick 問。

「OK。」我答。

我拿起 CD 盒，封套上是一女一男，女的站在右方，男的靠著牆，站在左後方，兩個人之間，似近還遠。

專輯名字：*Amplified Heart*。

又是一個我不懂得的英文字。我嘗試把它記住，以便今晚收工後，查字典。

12 生死時速

約了健和偉，去看《生死時速》。

不是在 UA6 看，而是海運。健說，這是一齣荷里活動作猛片，必須要在這種擁有大銀幕的大戲院看才有味道。

已經兩星期沒見過健。他沒有找我，我也沒有刻意找他。

這一晚還約了偉。

如果你問我在中學裡跟誰最熟，第一必然是健，偉排第二。只是自從上了預科，的確少了跟偉一起，午飯時間，他會選擇留在學校，一邊溫書一邊吃。

事實上他的成績愈來愈好 —— 其實以前已經好，而現在是更好，好到可以拿學科獎那一種。

我們買的是七點半飛，入場前，先去麥當勞。

原來已有一年半沒有跟偉同枱吃飯（包括吃漢堡包）。健如常點了巨無霸豬柳蛋漢堡大可樂，我點了巨無霸中芬達，偉點了芝士漢堡和橙汁。

有一種令人不舒服的寂靜。換轉以前，我們三個人可以在學校電腦室說無聊鹹濕笑話說足兩小時，但現在，竟然連一個普通話題都開展不來。

　　「跟你那個 June 有甚麼新進展？」

　　「太多，不能盡錄。」健答的時候，嘴角沾了巨無霸的醬。

　　偉沒有說甚麼，默默地吃芝士漢堡。

　　幸好麥當勞環境本身夠嘈吵，我們這一枱保持靜默，都不會有人留意到。

　　期間我只問了健一個問題：「不約 June 看《生死時速》？」

　　他嘆了口氣：「她似乎不喜歡，甚至有點抗拒荷里活動作片。」

　　以我所知，在影像作品方面健除了最愛 AV 和三級片，就是荷里活動作片。

　　至於偉喜愛的電影類型？霎時間想不起來，又或者，我根本從來不知道。

　　全院滿座。多得健願意早一天出去買飛。

　　坐我左邊的健，真的是一個看電影時相當投入的人，看見巴士飛過天橋時他會叫囂，看到最後奇洛李維斯與珊迪娜布洛在火車車廂大難不死他甚至拍手

掌——其實這個結局不是早就預料到的嗎？

但的確好看。荷里活動作片經歷了八十年代由肌肉主導，到現在，似乎正醞釀變化，奇洛李維斯不是過去史泰龍、阿諾那種類型的英雄，你不會見到他突然除衫展示肌肉，也不感受到他刻意地強悍，而就只是一個普通執法人員，在某個尋常日子，某個危急關頭，如實地，展示了智慧和勇氣。

身為女主角的珊迪娜布洛同樣重要。她沒有那種一行出來就感受到純粹用來色誘男主角男觀眾的感覺，也不是由頭到尾等待男主角救援，她一樣有她的作用，但沒辦法，到最後一樣要表現適度的懦弱。

這齣《生死時速》肯定會成為經典。奇洛李維斯和珊迪娜布洛肯定會紅。

我沒有像健般叫囂拍掌但一樣興奮。

坐我右邊的偉很冷靜。他看電影時向來都這樣冷靜？不記得了，已經太長時間沒有跟他一起入場。

當日是怎樣認識偉和健？怎會記得。由認識一個人到跟一個人熟絡，是個奇異的過程，由不得你去操控甚麼。

像奇洛李維斯和珊迪娜布洛，也沒想過會在那一天遇上，一同經歷劫難，到最後成為情侶（電影亦在這

裡完結，沒有交代那一晚他們會做甚麼）。

　　散場，健提議去沙田大會堂坐坐。我們三個人，以前也會約在那裡坐天光，例如中五會考放榜前。大家都驚，但大家表現出來都若無其事。那一晚，甚至買了半打啤酒，呷一啖，好苦——是因為健貪平而買了一款劣質牌子啤酒？抑或啤酒本質就是苦？我不知道，只知道我們一邊喝著苦酒，一邊談夢想，不切實際的夢想。夢想本來就是不切實際的。

　　「我不去了，明天返早。」偉說。

　　我和健站在海運門口，看著偉離我們而去。

　　沒有去沙田大會堂。穿過星光行，走到尖沙咀碼頭。

　　「不如搭程船。」我說。健沒說甚麼，代表同意。

　　由等船到上船，我們都沒說甚麼，沒有說 June，沒有說偉，沒有說即將來到的 A-level 放榜。

　　我只說有親戚介紹另一份暑期工，如無意外會辭去便利店工作。

　　「這樣我就再不能享用四圈半軟雪糕。」

　　到了中環。

　　「去哪裡？」健說。

　　「沒頭緒，這裡我不熟。」我說。

「那麼不如搭船返尖沙咀，看看還買不買到即場飛，我想再看一次《生死時速》。」

　　我沒說甚麼。代表我同意。

13 胡思亂想

今天應該很高興。

最後一天返便利店。

辭工過程比想像中簡單，就只是某夜埋好數臨收工，簡單地跟阿姐講一句「我打算辭職」，她答，會代我向主管說。第二天，阿姐說，你返到今個星期六便可以。

這就是我人生中第一次辭工，簡單到，沒有任何戲劇性的情節。

最後一天工作，也沒有任何戲劇性的變化，如常地收銀、上貨、清潔、拎煙（我已認到九成煙的牌子）、賣 condom、斟完美兩圈半不多不少軟雪糕等等，想不到，到了最後這一天，工作竟然如此順利，沒有客嫌我收銀慢，阿姐也沒有單單打打。

我當然不會知道我在她心目中是否仍是一樣廢。

晚上十一時。我跟阿姐說了聲「bye」，阿姐笑了笑：「拎罐汽水，我請。」

我揀了罐已經好久沒喝過的玉泉薑啤。

那是最後一次見阿姐。

平日收工我會步行回家。便利店在新城市廣場第三期地下，與其走回第一期巴士站等 81K，不如走到對面希爾頓中心，經天橋，穿過沙田中央公園，沿城門河步行回家，會更方便。

這一晚我跑去巴士站，等 81K。

等了十分鐘左右有車。去上層，選了一個中間的座位，從膠袋拿出返工前在韻彙買的王菲最新專輯《胡思亂想》。

封面上連一張王菲的相都沒有。

有的只是一堆不完整但你能夠看得懂意思的中文字，「沒有圖案碟」、「沒有新形象」、「沒有寫真集」、「沒有混音版本」……

我期待王菲的相會在碟裡附送的歌詞書出現。

我先用紙巾抹乾雙手 —— 雙手本就不濕，只是想抹走手上（不排除會有的）污垢和油，避免把手指模印在專輯上歌書上。

打開歌書 ——

裡面只有 ——

字字字字字字字字字字字字字字字字字字字字

字字字字字字字字字字字字字字字字字字字字字字字
字字字字字字字字字字字和字。

連半個鬆郁矇的王菲都沒有。

我跟自己說：我既然喜愛王菲，就是喜愛她的與別不同 —— 她不是 idol，只有 idol，才會影一大堆相滿足歌迷，歌迷買碟根本不是聽歌而只是為了看相，那麼不如乾脆去信和買明星相，而不須買碟。

但去年那張《執迷不悔》，王菲（當時她還用「王靖雯」這名字）明明影了一整輯相，相的數量足以額外印製成座枱月曆隨碟附送。1993 年都過去了，那個月曆卻一直沒有被我使用 —— 真的不捨得用，只會間中拿出來欣賞，欣賞她 ——

不是這樣的。我喜愛王菲，是因為我真的喜愛王菲的歌，喜愛她的歌聲。而絕對不因為她的外形。

突然有一個想法：會不會是我剛巧買到一件壞貨？可能在便利店做了一段時間，慣用了某些形容；我的想法是：這張專輯本來是有附送相集寫真集或甚麼的，總之一定會有王菲的樣子。

一張廣東專輯怎能完全沒有歌手的相？這是一件不能接受相當離譜的事。

巴士駛到沙角邨。還有好幾個站，才去到我住的

屋邨。

好想第二天快一點來臨。這樣我就可以拿這隻「壞貨」去韻彙跟店員對質。

返到屋企，已過了午夜十二時，已經是另一天了，但還要等上好多個小時韻彙才開門營業。

我應不應該聽這隻（我主觀判斷為「壞貨」的）《胡思亂想》？我猶豫，我掙扎，我絕對不懷疑王菲的歌聲，但實在不願意透過一件（我主觀判斷為「壞貨」的）「壞貨」，去聆聽王菲的歌聲。

這是一種褻瀆。

絕對是一種褻瀆。

那一夜沒有睡。不是沒嘗試去睡，但實在不甘心，又或太憤怒，總之內心持續不能回到一個平靜狀態，一個能夠讓我安然入睡的狀態。

那夜，一直塞著耳，聽回王菲之前幾張專輯，*Coming Home*、《執迷不悔》、《十萬個為什麼？》。

終於等到早上九時，我沖了涼（昨夜回家後一直沒有沖），換了衫，去商場茶餐廳吃早餐。今天揀了 A餐，那碗火腿通粉煮得很差，沒有味的，唯有不斷落胡椒粉。那杯凍奶茶更加差，澀的，加上奶落得不夠，顯得茶底更澀。

搭 81K 去到好運中心，落車，才不過十時左右，由這裡走過去沙田廣場，只需幾分鐘，但仍未到韻彙的營業時間，唯有在好運中心逛，只是大部分舖頭都未開門。

　　總算等到韻彙開門。

　　我走入去，裡面只有一個男店員，竟然是我平日最怕的那一個 —— 他為人如何其實我不知道，但他那個永遠不帶表情的樣子，總是令我懼怕。

　　針對這張《胡思亂想》而用了一整晚去想的問題，半條都沒有問，反而是，走去放王菲 CD 的位置，把一隻《胡思亂想》，拿去收銀的地方。

　　明明手持住一張《胡思亂想》的我再買了另一張《胡思亂想》。

　　男店員以永遠不帶表情的臉，接過我遞給他的紙幣，再把一張《胡思亂想》放入印有店名的膠袋，遞給我。

　　到了樓下的哈迪斯，揀了一個角落位，立即拆開 CD 的透明袋（竟忘了先用紙巾抹走手上污垢），打開 CD 盒，拎出歌書，眼前的歌書，同樣是一本只有字沒有王菲的歌書。

　　忍不住說了句粗口。

　　1994 年 6 月最後一天。

14 那有一天不想你

1994 年已過了一半。

似乎發生了很多事，又似乎甚麼都沒有發生。

怎會甚麼事都沒發生？像我，經歷了 mock exam，緊接應考殘酷 A-level，在便利店返暑期工（做了很多從沒想過會做的事），斟了很多杯（四圈半）軟雪糕，辭工，轉工，看了兩齣三級片，《晚 9 朝 5》和《滿清十大酷刑》，買了王菲《胡思亂想》專輯（兩張）⋯⋯

但以上這些事對世界有沒有構成影響？沒有，完全沒有。

不似得〈那有一天不想你〉，影響了很多很多人。

包括（從來都只聽李克勤的）健。

他在餐廳打工的同事 June，是黎明 fan —— 根據健的說法，June 是因為電視劇《人在邊緣》，開始鍾意看劉青雲做戲，同時成為了黎明 fan。

健唯有迫自己開始了解黎明，看黎明的電影，聽黎明的歌 —— 看黎明的電影他尚可接受，他真正難以

忍受是聽黎明的歌。

　　曾經有一個說法：當日黎明開始紅起來的時候，不少李克勤 fan，背棄了李克勤，投向黎明懷抱（這自然是一種比喻式說法）。

　　基於李克勤拍過的電影不多，在電影這範疇，跟黎明不存在太明顯的利益衝突，所以看黎明電影，不成問題。

　　但如果聽黎明的歌？健認為，絕對是一種背叛李克勤的行為。他接受不了自己背叛李克勤，偏偏他正在努力背叛李克勤，而原因不過是為了接近 June……

　　「黐線。」我說。

　　「你這類無情的人不會明白。」健說。

　　那段時間，健就在不斷聽〈那有一天不想你〉，嚴格來說是：不斷收看那個用上〈那有一天不想你〉做主題曲的電訊廣告──他竟然用錄影機錄下那個廣告的完整版，方便隨時 play 來看。

　　他根本不介意經常重看這廣告。既因為 June，也因為廣告女主角童愛玲。

　　我和健的審美觀近乎完全不同。他喜愛的，我往往不感興趣；我喜愛的，他不只不感興趣，甚至會提出連番質疑；或許因為這樣，我們不會同時看中同一個

人，我們才可以一直做朋友。

唯獨對於童愛玲，我和他觀感竟然一致（其實對於童鈴我倆觀感也一致）。

7月初某天的下午，我去了健屋企，跟他一起看那餅錄了〈那有一天不想你〉廣告（抑或是 MV？）的錄影帶。過去和他一起看的只會是 AV 三級片和荷里活動作片。

當看了第四次過後，我說：「其實黎明唱歌不錯。」

「但唱 live 走音啊。」健說的是黎明在 1991 年華東水災籌款直播清唱〈對不起，我愛你〉的事。

「一次而已。」

「克勤連一次也沒有。」

我不打算爭論。和健討論時一旦扯到李克勤，就再沒有討論下去的必要。

「為了那個 June，迫自己投入一個自己憎的人，不辛苦？」

「我從來沒說過憎黎明。」

「如果 June 要你一起去看黎明演唱會？」

「當然——照看。」

我突然想到一個問題：「你有沒有讓 June 知道你是李克勤 fan？」

健沒有立即回答。

我知道我這條問題擊倒了健。

「為甚麼不讓她知道？」

健靜默。

「難道一世都不讓她知道？」

健仍然靜默。

健突然拿起錄影機遙控，按了一下「STOP」，走到錄影機前，拿出錄影帶，然後從書枱的櫃找出另一盒錄影帶。

「我沒心情看 AV 啊。」

健沒理我，只管把錄影帶插進錄影機，按「PLAY」。

電視機響起很激昂的音樂，接著是一聲更激昂的「Baby！」——

是〈夏日之神話〉。李克勤成名作〈夏日之神話〉MV。

〈夏日之神話〉播完，緊接是另一首早期名曲〈大會堂演奏廳〉MV。

我大概估到，〈大會堂演奏廳〉之後會播哪一首歌的 MV——

果然是〈深深深〉。

有理由相信，這是健花了不少心力 tailor made，一餅收錄了李克勤由出道至今歌曲 MV 的影帶，歌曲的次序，更加是順著推出時間的次序。

　　健在喜愛李克勤這一點上真的相當黐線。

　　我沒有把自己的想法說出來。

　　只打算播完之後那一首〈藍月亮〉我就走。

15 繾綣星光下

過去有沒有到過柴灣？不記得了。

7 月開始，柴灣是我每逢周一至周六都要去的地方。

返新工。

每天早上七時，搭 89B 巴士，去到牛頭角地鐵站，轉地鐵，搭去柴灣。如無意外，八時一定到達柴灣地鐵站，還有一小時的時間，我會先吃早餐，地點可能在地鐵站旁的屋苑商場，可能在漁灣邨的舊式茶餐廳，也可能在柴灣工業城樓下的食堂；無論在甚麼地方吃早餐，都必定會先巡視商場書報攤，買一本漫畫，或一本最新出版的 *EXAM*（最喜歡看當中連載的蒲生洋《行運超人》和梅澤春人《BOY 聖子到》），沒漫畫想買？就買《電影雙周刊》。

就算沒有任何漫畫雜誌想買，單是在書報攤前駐足，細看，已是一種享受。

吃完早餐，就拿著漫畫或雜誌，慢慢穿過漁灣

郵，行回公司，即使是夏天，但可能時間還早，陽光不會太猛。那時候香港的夏天不算太熱。

我通常是第一個回到公司。八時半。

坐在我的座位（是的，我有自己的枱和凳），看剛才買的漫畫或《電影雙周刊》。一本《怪醫秦博士》單行本，半小時，一定看得完；如果是《火之鳥》，則未必，始終內容較深。

九時。開始工作。嚴格來說，是，開始等待其他人安排工作給我。

我的工作，主要是畫圖，畫一些銀行或公司的平面圖，然後根據對方想要的夾萬型號，計算總尺寸，嘗試把最多數量的夾萬，放在一個特定空間內。當中涉及一點點數學，其實只是加減乘除，完全不複雜；至於畫圖，最初畫的時候是有點緊張，第一幅，用上三天才畫完（而且完成圖充滿問題）；畫得多，掌握了技巧，到後來，可以一天畫好三幅（而且完全沒有問題的）。有時候，就幫別人將文件或夾萬資料送去其他公司，送完後，通常都不需要再返公司。

不需要加班，準時六時收工。周六，只需返到下午一時。

公司包午飯。每天十二時五十分，有人準時送

來六個家常餸和一大盤白飯，同事們就在會議室一起吃。餸菜其實不算煮得好，也可能煮好後用蓋蓋了好一段時間，蓋的倒汗水令餸菜濕涸涸，但每次我都吃兩大碗飯，很好胃口。

某天午飯後，一個我叫他做「滿哥」的上司（公司裡所有人都是我上司），託我送一份文件去鰂魚涌，送完就不用再回公司。

我洗了個臉，離開公司，沿著平時返工的路，行去柴灣地鐵站，搭地鐵前往鰂魚涌，準時把文件送到滿哥要我送去的公司（接我文件的是個留了一頭長髮的OL）。

才不過下午三時。有想過不如回公司，但既然別人都說不用回去，實在不想佯裝甚麼勤力員工。有想過找健，但他應該正在開工；不如去他工作的餐廳，看一看他口中那個 June 是甚麼樣子？但我不是那麼八卦。

在康怡留一陣涼涼冷氣算了。以前有段不長也不短的時間，每逢星期六下午，都會由沙田走過來這裡的日式百貨公司，只為了去附設的日本書刊部，買一本「by air」的《週刊少年 Jump》，看最新的《龍珠》連載。

有想過舊地重遊，期間路經一間唱片舖。

原來關淑怡推出了新專輯。

記得聽過她那一首新歌〈繾綣星光下〉。

曾經很喜歡她。她最初幾張專輯《冬戀》、《難得有情人》、《真情》我都有買。都是買 CD 的，買《冬戀》CD 時，我甚至連 CD 機也沒有。

但後來，連我也不知道真實原因，又或者根本就沒有甚麼原因，總之，沒再買她的 CD（或 cassette），反而改了買其他女歌手的，例如周慧敏，例如湯寶如，例如王菲。

我拿起那張名叫 *My Way* 的新專輯，封套上的關淑怡剪了一頭短髮。會不會是因為她剪了短髮而令我疏遠她？可能吧。

但王菲，同樣剪了一頭短髮，而我依然買齊她的碟和有她做封面的雜誌。

純粹移情別戀罷了。

由「喜愛」到「不喜愛」，可以是一個突如其來，沒有任何原因的演變過程。

由「沒感覺」到「喜愛」，同樣是一個突如其來，沒有任何原因的演變過程。

不排除有一天，我又會再一次喜愛關淑怡。

但可以肯定是，我一定會愛王菲直到永遠。

我的確如此相信。

16 真實謊言

中五放榜那一天，有同學去了希爾頓中心唱 K，等待下午再回校，看看能否在原校升讀預科 —— 其實這班唱 K 的同學都考得很好，每人都手持至少二十五分。

健拿到二十一分，不俗，但他唸理科班，理科班同學普遍都有二十分或以上，二十一分？不算高。

我有十八分。問題是，我那一班的同學成績都極好，有兩個甚至考獲 8A，坐擁滿分三十分。

我和健都擔心。搭巴士，去了沙田和大圍不同中學，其中有一間在新翠邨的，說可以收我們讀中六，但我們說，想先看看原校收不收我們才決定。「可以，但蘇州過後無艇搭。」說可以收我們讀中六的那個老師說。

下午三時，我和健確定了，我們都能在原校升讀中六。

怎慶祝？去了 Pizza Hut，點了超級至尊大批、海

鮮闊條麵、肉醬意粉——沒有點沙律，健從來不會跟男同學在自助沙律 bar 揈沙律，他說這行為「太基」。

兩年後，我和健都請了一天假，返學校，等待看 A-level 成績。

見回不少同學。大家都沒穿校服。

有一些，覺得日後仍有機會再見；有一些，可以肯定餘生都不會再見。

班主任來到，手上捧著一疊紙，同學按著學號，逐一出去拿取成績單。

有喜悅的，有飲泣的，有微笑的，有沒表情的。

輪到我。班主任向我笑了笑，把成績單遞給我，我接過，沒有立即看，而是返回座位，把成績單放在枱上，背面朝上。

然後用一個明顯（不需要的）誇張動作把成績單用力翻開。

2D2B1A。

英文和經濟，D。

中史和中國語文及文化科，B。

中國文學，（竟然）A。

我不知道那一刻我的表情是怎麼樣，而只知道有女同學跟我說：「你文學竟然 A！」她向來喜愛中國文

學，卻只拿了 B。

離開班房去找健，他 2B3C1D。

那個唯一的 AV 供應商 Paul 呢？3A2B！

沉迷看 AV，絕對不會影響成績。看 AV，一樣可以是好學生。

偉呢？有想過找他問，但看見他正跟精英班的同學一起。算了。

我和健離開學校。七年，就這樣度過了。

沒有去 Pizza Hut，畢竟時間還早；改去蘭香閣，坐在窗旁卡位，各自吃了一個午餐。那個蘭香閣午餐，是我吃過最好味的午餐。

健提議去看《真實謊言》。我沒異議。

健是荷里活動作片迷，是阿諾舒華辛力加迷。

「不喜歡史泰龍？」我曾經問他。

「當然喜歡，但他的角色總帶有一份悲情。」所以他最喜歡的史泰龍電影是《鐵膽威龍》，史泰龍是代號「Cobra」的 LAPD，獨來獨往，獨自迎戰洛杉磯一個異端宗教團體。

「女主角好正。」健說。女主角是 Brigitte Nielsen，曾經嫁給史泰龍成為史太，但婚姻只維持了兩年。

「阿諾不同，他專一，他是好男人。」

我也喜歡阿諾，但更喜歡占士金馬倫。永遠記得，1991 年，《未來戰士續集》上映，我約了健和偉，去尖東的華懋看，散場後，我們都興奮 —— 健不只興奮而是亢奮，由尖東行去紅磡火車站、搭火車返回沙田期間，一直分享自己的亢奮觀後感（其實離不開「好勁！」和「好正！」這類形容）。至於偉，則在闡述戲中的阿諾，作為一個 AI 機械人，到最後怎樣明白到「cry」這個他明明做不來的行為。我有用心去聽，但聽不明。

　　即使《真實謊言》不是科幻片，但由占士金馬倫拍的阿諾，真的比其他導演好看，他總是能夠找到阿諾這個（演技普通的）演員的特質，加以發揮；這一次，就讓他做一個瞞住老婆真正身份的政府特工，既面對恐怖分子為國家帶來的明顯危機，同時面對老婆極有可能出軌的潛在危機，當然到最後，一切都不再是危機 —— 恐怖分子被他消滅了，婚姻也被他成功挽救了，只是當中那種由男人掌控、操弄女人的意識，太明顯，但在過去，占士金馬倫明明善於設計一些比男人更強悍的女性形象。

　　我沒有把我感受說出，因為散場後健除了大讚當中幾場動作場面好勁外，就是不斷盛讚那場 Jamie Lee

Curtis 著住黑色內衣跳艷舞的戲好正。「好勁」和「好正」，在健的語言系統裡，足以用來形容和解釋世界上所有他讚嘆的事物。

突然想起一個人——「那個 June 呢？進展如何？」

本來一直在笑、感覺似在回味 Jamie Lee Curtis 的健，收起笑容。

沒有回答。

「沒再約她？」我繼續問。

「她原來有個在澳洲的男朋友。」健說。

「她男朋友是澳洲人？」

「香港人，不過去了澳洲讀書，幾年前。」

June 這番說話極有可能是謊言。

一種出於善意的謊言，不想當面拒絕讓健難受，於是捏造一個男友，一個必定是在外地生活的男友，只有這樣，才可以杜絕穿崩的可能。

我怎會知道？因為我也曾得到過完全相同的答案。

但我沒有把自己的想法說出來。

因為這樣，健會好過一點。

17　未完的小說

星期六下午一時三十八分，還在公司。

有幅圖，星期一要交，本來已完成，但剛才飲水時飲得太急，咳了一下，還沒落入喉嚨而仍在口腔的水，被噴在那張已經畫好的圖上。

沒辦法，唯有重新畫過。

在工廠大廈食堂吃了一碟西炒飯喝了一杯凍奶茶，返回公司。

推開公司大門，傳來歌聲，是彭羚。我不算是她歌迷（我只迷王菲一個），但她的聲音，太容易辨認。

「以為你走了。」說話的是 John，他是公司工程和維修部同事，負責替客戶裝夾萬維修夾萬。他年紀應該跟我差不多。

「有幅圖要畫，星期一一朝早要交給客。」我大聲地答，公司瀰漫著〈愛過痛過亦願等〉。

John 把 CD 機音量調低。「Sorry，剛才以為沒有人。」

「你繼續聽吧。」頓了一頓，再說：「音量開大一點也沒所謂。做功課時我也習慣一邊聽歌。」

CD 機 volume 提高了，但沒剛才那麼高，是一個既能清楚聽見彭羚歌聲，又不需要大聲喊出來就可以談話的 volume。

公司面積不算大，John 工作的地方，就在我座位左邊，但因放了一排櫃，分隔開，他又經常外出工作，不常見到他，就算見到，只會打聲招呼。

二時二十五分。畫好鉛筆稿。估計四時前一定可以完成。

我提醒自己，如果口渴要飲水，絕對不能面向著繪圖架。

CD 機附設的喇叭仍在傳來彭羚的歌聲。如果沒記錯，是〈讓我跟你走〉——其實一定不會記錯，畢竟聽見副歌部分彭羚在激昂地唱：「來讓我跟你走——」

「彭羚出了新碟？」我問。

「新曲加精選。」John 說。「放不進 CD 架。」他遞了一個長方形 CD 封套給我。那幾年，香港的 CD 包裝開始不同，例如張學友《餓狼傳說》，例如黎明《天地情緣》，但當然，只限於出名的歌手。

我揭著歌書。「你鍾意彭羚？」

「OK 的。」John 拿起樽裝水，飲了一啖。「很多歌手我都聽，尤其開工的時候，太悶，聽住歌，會好一點。」

情況就像我做功課，太悶，所以聽歌，聽王菲的歌，偶爾拿出歌書，揭一下，有提神作用。

但溫書時不能聽歌。始終我讀的科目，溫書大部分時候都需要背誦，而我習慣背誦時一定要讀出聲，一旦聽歌，會很干擾。

John 說：「你有聽彭羚？」

我說：「總有聽過，她的歌現在那麼紅，但我主要聽王菲。」我沒有說「我是王菲歌迷」。

「王菲好聽呀。不過她最近的歌太深，最近新出那一隻，封套上連相都沒有。」

我沒說甚麼，只笑了笑。想起屋企那兩隻完完全全一模一樣的《胡思亂想》CD，隱隱作痛。

「其實在聽歌方面我沒甚麼愛好，女朋友聽甚麼，我就聽甚麼。好似這一隻彭羚，也是女朋友給我聽。」John 放下螺絲批，繼續說：「她一日到黑聽電台，買這隻碟，是因為她太鍾意〈未完的小說〉這首歌，她說是電台廣播劇主題曲。她甚至錄低這齣劇，迫我陪她一齊聽。」

我不常聽電台。如沒記錯，John 女朋友有聽和錄低翻聽的那一齣廣播劇，應該是《戀愛 1/2》。

「一起多久？」

「你指我和女朋友？大概三年。在自修室認識。」

我也有去自修室的習慣。

「會考，屋企人多，又嘈，溫不到書，所以去自修室，其實就算去到自修室也不是溫書，一早決定考完會考去搵工。」

「這裡是你第一份工？」

John 點頭。

如果 John 中五會考那年認識了女朋友，並已在一起三年 —— 他應該比我大一歲。

「你女朋友呢？讀書？」我不應該這樣問，因為根本與我無關。

「今年考 A-level，之前剛剛放榜。」

原來跟我同年。

「成績好嗎？」

「4A1B。」John 說得很輕描淡寫，或許因為成績對於現在的他已不代表甚麼，又或者，根本從來都不代表甚麼。

John 枱頭電話響起，他拿起聽筒，說了幾句後，

bye bye。

　　「我走了，她到了樓下。」他揹好袋，再說：「想聽歌的話，打開這個櫃，裡頭有其他 CD。」

　　我點了一下頭，問：「今日有甚麼活動？」

　　「她買了戲飛，甚麼……《重慶森林》。她說是《阿飛正傳》導演新戲，唉，我最鬼怕。」

　　沒錯，《重慶森林》上映了，但我仍然未看。

　　剛才一直傾偈，面前的圖，仍然是用鉛筆畫的草圖。

18 重慶森林（上）

　　一些重大事件的發生，又或一些重要事物的出現，往往可以作為人類發展史的階段劃分，例如：文藝復興前、文藝復興後；康德發表《純粹理性批判》前、康德發表《純粹理性批判》後；二戰前、二戰後；登月前、登月後；AI 發明／使用前，AI 發明／使用後……類似例子，可以一直舉下去。

　　對於我個人心智發展，則存在著一個重要階段：「看《重慶森林》前」及「看《重慶森林》後」。

　　看《重慶森林》前，我會看電影，也經常看電影，會買飛入場，也會去租 LD（但必須承認，租 LD 往往是為了看那些較具官能刺激的電影）。

　　看《重慶森林》後，我・愛・上・了・電・影。

　　甚至幻想有一天自己成為導演，拍由自己寫劇本的電影。

　　是的，我只會拍自己寫的劇本，因為我要做的是作者導演。

看《未來戰士》（無論第一集抑或續集）之後，再亢奮，也不會令我有想做導演的衝動；看《異形》和《怪形》之後，同樣地，不會令我產生做導演的想法。

唯獨看《重慶森林》，未散場，銀幕仍在王菲〈夢中人〉伴隨下放映著 end credit，我已經跟自己說：我要做導演。

我一定要做導演。

在過去，只想過做漫畫家，但會考美術科，只得到一個「F」，「F」的意思絕對不是「fine」而是「fail」，我首次遭遇挫折──自己所擁有的第一個夢想，被碾碎（其實真正碾碎夢想不是那個「F」，而是我自己，是我自己的表現實在太差，差到評卷員只能給我「F」的成績）。

也曾想過做作家，寫科幻小說。

中二時開始看衛斯理，看了幾本過後，竟然覺得自己也有能力寫，於是到商場文具舖，買了一疊四百字原稿紙，在沒有任何大綱的情況下，開始寫自己第一個科幻小說，寫到未夠第七張原稿紙，已經安排一場（自己覺得很刺激的）飛車追逐；故事到了第三回，原稿紙寫到第四十五張，在日本成田機場（我只是從《龍虎門》知道有這麼一個機場）安排了一場相當慘烈的大型

95

槍戰⋯⋯

　　這個名叫「鑰匙」的故事，當到了第七十張原稿紙的時候，再也不能發展下去 —— 我不知道應該怎樣寫下去。白青的冒險故事未完結，已經告一段落。

　　白青，《鑰匙》主角。

　　但仍然想寫小說。科幻寫不來，可以轉寫武俠吧 —— 在我把學校圖書館所能借的《衛斯理》都差不多一一看過後，開始轉看武俠小說，看金庸，看了最重要的幾部後，又想，自己也想寫這一類結合真實歷史的武俠小說。唸中六的時候，跟中文學會的同學，合辦了一份刊物，公器私用（畢竟是用學會經費），刊載我們的小說，同學寫偵探，我寫武俠，《決鬥五峰山》，主角名字，柳寒心。

　　為了這個武俠小說夢，每逢中史堂，真的比較用心聽書，也會撥出較多時間溫中史科（但再多，也肯定及不上其他同學）。

　　在報大學聯招時，甚至把頭三個選擇都填上「歷史系」，按先後排列：中大歷史系、港大歷史系、浸會歷史系。

　　同學知道我的選擇後問：「你不怕畢業後找不到工作？」

「我想讀一些自己真正有興趣的。」其實不屑回答這類問題。一個連大學也未讀已在考慮工作的人，根本不會明白夢想是甚麼一回事。

偏偏，從來沒想過做導演。

過去無論看任何類型電影，都不足以令我產生做導演的想法（健看完 AV 後反而會想：如果有機會做男優就好了）。

很期待《重慶森林》。上映前，已在《電影雙周刊》看了介紹和導演訪問，看一次不夠，而是反覆地看，看到識背。

當然因為女主角是王菲。

記得早兩年看《娛樂新聞眼》，看見她接受訪問，說正在拍一齣名叫《旺角火宅之人》的電影，導演是王家衛。

想不到兩年後，由旺角移師重慶大廈 —— 火宅之人不見了，變成森林。「森林」這名詞令我想起《挪威的森林》，不知道有沒有關係？其實只聽過這小說名字，未曾看過，當時的我只看武俠小說。

沒有約健。我實在太清楚他的電影口味，而且有些戲，是真的比較適合自己一個人去看。

某夜收工，去到戲院，買了即場戲飛，在附近的

連鎖快餐店吃了一個質素頗差的晚餐，便返回戲院，在大堂等，等開場。

我竟然緊張。

比起當年去 Paul 屋企第一次看 AV 時更緊張。

那一刻還未知道，將會目睹一齣足以影響自己一生的電影。

19 重慶森林（中）

「每天你都有機會跟別人擦身而過，你也許對他一無所知，不過也許有一天，他會變成你的朋友，或者是知己。」

這是電影開場不久，何志武的獨白。

「我是一個警察，編號223。」

獨白前，大概兩分鐘的時間，先後拍著林青霞飾演的金髮女郎，前往印巴籍人士聚居的大廈，以及何志武在人群中捉賊，期間跑了入重慶大廈，碰上金髮女郎……

那是一段「跳格」拍攝——是不是叫「跳格」？我突然忘記了確實的形容，只記得這種手法，曾經在《旺角卡門》使用過，劉德華去大牌檔劈友那一場。

在《旺角卡門》，這只是一種手法；但在《重慶森林》開場的這一段，是手法，也呼應了內容，展現了城市的緊迫和節奏……

我開始覺得自己懂得看電影——又或者應該這樣

形容：開始懂得用說話表達自己懂得看電影。

只是不知可以講給誰聽。

健？跟他討論電影只需要講「勁」和「好正」。

偉？有理由相信在餘生都應該不會再跟他說任何話。

Paul？跟他的關係只是借 AV 和還 AV。

民？他只喜歡打 RPG。他似乎從不看戲。況且他工作也忙。

Patrick？已經有一段時間沒見他。

還有 June，健的同事，我就曾經透過健，把自己對電影的看法，講給她知，當然，她只會以為這是健的看法。

原來我對電影的觀感想法，到最後，就只能講給自己知。

我感到一份寂寞。

就像 223 那麼寂寞。

頭半段，是 223 的故事。

從來不喜歡金城武，但他的確很適合去演 223。

這個人很寂寞，寂寞會使他一個人大清早去球場跑步（務求把淚水變成汗水並成功蒸發掉）；寂寞的他很傻，會傻到去便利店專誠買 5 月 1 日過期的鳳梨罐頭

（記憶中我做的那間便利店沒有賣鳳梨罐頭，難怪一點都不浪漫）；因為寂寞，以致時間太多，足以讓他陪一個正在亡命天涯的陌生金髮女子在酒店過一晚，但他竟然甚麼都沒有做，寂寞不代表就要有歪念，那一夜，他只是不停 order 食物，不停吃，又不停刷牙⋯⋯如果健有看，肯定很憤怒。

這個寂寞的人，很浪漫，浪漫地把 call 機密碼設定做「愛你一萬年」。我沒有 call 機，實在難以想像在電話向 call 台接線的陌生人士說「愛你一萬年」。當時的我不知道，這是陳昇和伍佰翻唱過的一首歌。原曲，曾被改編為鍾鎮濤的〈讓一切隨風〉。

探員 223 和（販毒的）金髮女郎在某一夜擦身而過，幾天後，一齊飲酒，再在酒店度過了（甚麼都沒有發生的）一晚；第二天來臨，223 先走，去跑步，把淚水都轉換成汗水，本想把 call 機留低在球場，離開一刻，聽見 call 機響，跑回去拎走它，覆台，「愛你一萬年」，他在那寂寞一天的開始，得到了（由 call 台接線生轉述的）金髮女郎一句「生日快樂」。

那一天，是這個平凡寂寞人的生日。

我有種想哭而又哭不出的衝動。我承認。

一直認為自己是個鐵漢，又或者，只因為我生得

肥，因而大汗，不少淚水早就隨汗水流掉。

其實我脆弱，沒自己想像中堅強。沒有自己想像中不怕寂寞。

尤其這一刻，撇除我，戲院就只有五個人。

我們六個人，互不相識的六個人，在這一夜，在這一間戲院，一起目睹 223 這個寂寞人，度過寂寞每一天。

他那個警察身份，其實不重要 —— 我那個繪圖員身份，健那個侍應身份，民那個車房技工身份，Paul 那個 AV 供應商暨 A-level 成績 3A2B 高材生的身份，都只是一個身份，無論任何身份，都有可能寂寞。

只要你是人，就會寂寞。

凡人都寂寞。

寂寞的人還包括 663 和阿菲。

這齣只用了一個多月拍完的電影，進入下半段。

20 重慶森林（下）

突然覺得，健可能會喜歡《重慶森林》。

當然不是前半段。實在太清楚他，他一定會嫌 223
和金髮女郎那段故事悶，又或單純地罵一句「都不知在
看甚麼」。

他會喜歡的是後半段——後半段的開始。

因為有周嘉玲。

而且是一個只戴住黑色 bra 的周嘉玲。

但慶幸，沒有找健一起來看，他只會用一種「看
AV」的目光與態度，看待所有電影。近幾年，撇除
荷里活動作片和港產三級片，我唯一聽過他讚賞的電
影，就只有《本能》；原因？「莎朗史東好正！審問莎朗
史東那一場尤其正！」至於那個用冰插殺人的真兇究竟
是誰？他懶理。他唯一感慨是：「如果我是米高德格拉
斯就好了……」

所以有理由相信，看見周嘉玲這場戲，健除了必
然地說「好正」，就只會感慨：「如果我是梁朝偉就好

了⋯⋯」

周嘉玲，我固然鍾意（否則也不會看《晚9朝5》），但更鍾意王菲——「鍾意」這詞語太膚淺太低層次，不足以準確貼切形容我對王菲的感覺。

如果我是663，根本不會到了發現阿菲原來一直闖入自己屋企才恍然大悟，才去主動約她去California——當空姐離自己而去後，立即就約阿菲去街然後再⋯⋯

我不應該這樣，我不能夠這樣。這樣，跟健有甚麼分別？

停止幻想。看銀幕。

663住的那個單位外就是行人電梯，電梯上的人，既可以看也可以不窺看663住的地方。就像我們，每一天都跟很多人擦身而過，有一些我們不會留意，有一些我們會看一眼，也有一些，看一眼不夠，很想繼續看下去；單是看也不足夠，很想跟他／她說話，透過對話，了解他／她。

663住所的窗，一直打開，即使不是完全打開，但總之，有開——他從不介意窗外的人窺看。

而阿菲不只看，甚至擅自進入663屋企。

不是貪得意進入一次，而是很多次；進入之餘，

甚至從屋企內的物件，了解住在這裡的人，那個經不起表哥推銷而買下炸魚薯條和廚師沙律的人。

她甚至決定逐步改動這空間。

由窺看到進入到改動。

這連串行動，可能沒原因，可能純屬遊戲，也可能真的代表一點甚麼，但當她行動被搞破，而且是被屋主和當事人 663 搞破，她退縮，立即退縮——當 663 約她去 California，她反而退縮到去另一個加州。

又抑或這其實不是退縮？而只是她突然想給自己另一個可能？就像宵夜，可以吃炸魚薯條，可以吃廚師沙律，也可以只飲一杯熱齋啡。

我不知道，而只知道 663 獨自坐在 California、等一個不來的人那種失落。分別是，我等的地方，不是酒吧，而是學校一樓平台，又或操場某角落；我飲的自然不是啤酒，而是樽裝麥精或維他檸檬茶（學校小食部沒有賣陽光飲品）。失落的我，手上沒有悶酒，只有獲校方認可的冰凍飲品。

還有那首阿菲一直在聽的英文歌。

突然好憎自己，憎自己過去只聽廣東歌，如果多聽一點英文歌，或許，就會知道這首連繫了阿菲和 663 的英文歌是甚麼。

安排失落的 663 在這麼一個失落晚上隨即遇上空姐，買飲品給另一個人，無疑有點俗套。但這裡隱藏了一個對比：過去，是 663 持續買宵夜給空姐；現在，是空姐買飲品給另一個人。當然，這個對比可能是我想多了。

　　但 663 比 223 幸運。他不是純粹得到一個無形的口訊，而是得到一張 boarding pass，由阿菲為他親自寫的實體 boarding pass；因為是一張實體的紙，所以會被淋濕，目的地一欄的字被雨淋濕，化開。

　　而我的心再一次沉下來。

　　幸好到最後這兩個人仍然能夠再一次遇上。

　　內心泛起一種甜。663 的心、阿菲的心，以及我的心。

　　我有衝動立即去買炸魚薯條和廚師沙律來吃（但沙田沒有快餐店提供這兩款食品）。

　　我有衝動立即去中環行人電梯，窺看 663 屋企；因為《電影雙周刊》，我固然知那裡其實是杜可風屋企。

　　戲裡面那個中環，不是商業重鎮，而是人住之地，會烏煙瘴氣，會有夏天人潮的汗味，會喧囂熱鬧，會熱鬧過後。

　　這是我在人世活了十九年以來看過最浪漫的一齣電影。

21 九品芝麻官

　　必須承認，《重慶森林》的後座力太強勁，整整兩日，我都在記掛著金髮女郎、223、663，和阿菲（還有周嘉玲演的空姐）。

　　一直在遊魂。阿菲可以遊魂遊到去加州，我就每天都要過海去柴灣，專心畫圖，食晏時也不像以往好胃口，或許因為放在面前的不是炸魚薯條廚師沙律，而是蒸肉餅生炒骨炒菜心。

　　自從中一時試過了一杯凍奶茶，從此不再飲凍華田凍好立克，凍奶茶，恍如成為我一種象徵成長的茶餐廳飲品；自從看見落寞的 663 飲了一杯熱齋啡後，我也在某天吃早餐 A 時，叫了一杯。

　　談不上喜歡。可能只有真正落寞的人才感受得到箇中味道。

　　星期六，只返上畫。一早約了健，下午去 Paul 屋企。

　　我們先去蘭香閣。健吃快餐，粟米忌廉湯、火腿

107

扒飯、凍華田。我吃午餐，羅宋湯、黑椒牛扒飯、凍奶茶。

餐湯我一定揀羅宋湯。好記得，中二某天 lunch time，健帶我去一間開在瀝源邨的快餐店，飲了一個名叫「西湖牛肉羹」的餐湯，那種白得來帶點透明的顏色，加上那種黏稠的質感，只令我想起──

從此怕了飲任何白色的液體。

牛奶也可免則免。Paul 借過一盒 AV 給我，故事交代一個寂寞男人總在晚上遇見一個寂寞女子，做甚麼？不贅了；很記得其中一場，寂寞男人持續地把一盒冰凍的牛奶，倒在寂寞女子身上，然後──不贅了。

「下次麻煩借一些不涉及食物和飲品的給我。」語重心長向 Paul 說。

他用手做了一個「OK」手勢。後來，他竟然借了齣涉及一條鱔的給我……

今天有事先講明：不看 AV。健說沒問題，Paul 說當然沒問題，向來都是健迫他才播。

離開蘭香閣，去了影視舖，找 LD 租。

健在放三級片的貨架找，找來找去沒心水，提議不如租《哎吔女朋友》一齊重溫，我說揀新戲租吧（其實，之前租《哎吔女朋友》LD 時，已翻錄成錄影帶，

一個多星期前才完整重溫了一次）。

「港產片就快滅亡！連一齣稍為想看的都沒有！」健大聲說。

偶然見到《九品芝麻官》LD。其實也不算偶然，畢竟周星馳電影LD太多人租，必定擺在當眼處。

電影上映的時候，剛剛考完mock，正在預備考A-level，沒去看。

更真實的原因是：那段時間實在太多古裝片，看到有點怕。健反而沒有所謂，時裝古裝三級片都照看。「反正到最後都會剝。」記得他這樣說過。

決定租《九品芝麻官》。健本來有異議，但因為他提不出更好的建議，他屈服。「好彩有張敏做。」

健很多選擇，都跟大眾相同，但最離奇是：普羅大眾都愛看的周星馳電影，他就從不熱衷。最普通的人，一樣有與別不同的地方。

我算是周星馳迷。他大部分電影我都看過，不只看一次，LD推出後我必定租來重看，翻錄，以便日後再翻看；看得最多的是《賭俠》和《整蠱專家》。《整蠱專家》最後舉行結婚舞會的地方，不就是《賭俠》最後那個賭場？

除了一齣——《望夫成龍》。根本不是笑片，甚至

是一個頗為傷感的故事。看了一次後，不忍再看第二次。

去到 Paul 屋企，各自坐在自己坐慣了的位置。Paul 把《九品芝麻官》LD 放進 LD 機，開好喇叭——平日在 Paul 屋企看 AV，他也會開喇叭，他說這是對作品的尊重，人家千辛萬苦拍一齣作品出來，怎能夠求其看待？

電視畫面播著《九品芝麻官》，我們卻在一直傾開偈，都沒有專心看。

傾甚麼？例如健，他說早前回校看成績那天，發現某個女同學著便服時原來幾正，他所指的「幾正」，自然是單指某一方面。Paul 說，如果將來上到大學，應不應該向新認識的同學公開自己的 AV 收藏？他猶豫。

至於我，沒有甚麼特別話題，沒提到自己看《重慶森林》後所受到的衝擊，更加沒提到那個留下一隻梁朝偉《一生一心》EP 給我的師妹，而只提起，之前看《晚 9 朝 5》時，遇見那對坐在戲院最末一排座位的男女同學。健和 Paul，都對他和她不感興趣。「飛機場。」是健唯一的回應。

看了一眼電視，場景是公堂，張敏伏在地上，吳啟華和周星馳你一言我一語。

有夏萍，有倪星，還有徐錦江。突然想起《滿清十大酷刑》裡的他。

戲還是留待自己返到屋企再看吧。

六時左右，差不多要走。我們約好，公布大學聯招結果那朝早，去蘭香閣，一邊食早餐，一邊看報紙。

臨走，健一如以往，借了兩盒帶，一盒外國人出品，一盒日本人作品。

Paul 問我要不要借？我說：「我正在嘗試戒看AV。」健立即說了句「收皮」。

拿著《九品芝麻官》LD，去了好運中心，看看龍城有沒有新出的漫畫——必定會有，但不是我追開的。

有點遊魂。

遊魂遊到戲院，遊到售票處。

「《重慶森林》，七點半，一位。」

22 金枝玉葉

每天你都有機會跟別人擦身而過。

何志武說。他沒有說到的是：擦身而過的場所。

基於人的喜好和生活習性，除非遇上甚麼特別原因，人來來去去，都只會在某些場所出現。以我為例，在 1994 年（甚或 1991、1992、1993 年），把範圍縮窄在沙田市中心，撇除返工的日子，通常只會在沙田 UA6、娛樂城那兩間戲院、沙田廣場的韻彙和美國漫畫舖（但自從他們沒有聘請我，已沒再去）、好運中心（主要是龍城和某幾間 CD 舖），以及新城市廣場的商務和八方書局出沒，而在以上場所跟我擦身而過的，大致上，也是同一群（擁有近似喜好和生活習性的）人。

而這群人之中，大概就只有 Patrick，在某程度上跟我成為朋友。

這一天傍晚，就在韻彙遇見他。他正在擺放外國音樂 CD 的貨架找甚麼。

「有沒有推介？」我說。

他擰了擰頭。「最近在 comic shop 見不到你。」

「返暑期工，在柴灣，回到沙田已經很夜。」

「今日呢？不用開工？」

「剛才幫同事送文件去火炭，不需要再回 office。」

「Nice。」

「所以打算找齣戲看。」

「Which one？」

「《金枝玉葉》，公司秘書說好好看。」

Patrick 用一個整間韻彙的店員和顧客都清楚聽到的聲量喊道：「I hate this movie！」

一時間不知道應該給予甚麼反應。

「Sorry，純粹是我自己的 feeling。」

「不需要 sorry……但如果你不介……mind 的話，可以解釋你討厭的原因嗎？」

「不 honest。」他頓了頓，再說：「甚至 hypocritical。」

每次遇上 Patrick，都恨自己為何不多學幾個 vocab，但又不好意思開口問，又或直接說自己聽不明。

慶幸明白他前一句。「怎樣不 honest？」

「電影似乎一直在交代 Leslie 的角色逐漸認清自己的性取向，只是到了最後，終於證實自己仍然喜愛女

性，並且因而感到 comfortable。」

始終還未看戲，完全不明白 Patrick 在說甚麼。

「問題在於……」其實本來想說「有甚麼問題？」。

「編劇很卑劣。」對於他懂得說出「卑劣」而不是另一個我未聽過的 vocab，實在有點詭異。

他不等我回應：「編劇故意安排 Leslie 遇上一個很 boyish 的人，逐漸產生好感，甚至有了類似 love 的 feeling……但原來，只是 misunderstood，對方根本是女仔，所以令他 feel love 的，其實一直都是女性……」

他吸了一口氣，說：「That means 他仍然是異性戀者。」

其實我依然覺得沒有問題 —— 但始終戲未看，不能說甚麼。「這就是你認為不 honest 的地方？」

「你覺得 OK？」Patrick 說，說的時候，緊皺著眉。

「我未曾看，不能貿貿然說……況且近幾年港產片，可能覺得同性戀這題材夠 hit，不少都拿來做主題，到最後，可能為了迎合大部分觀眾，都必定安排 gay 佬變回正常人 ——」

「你的 wording 很有問題。」

我的措辭有問題？哪裡有問題？

但不可能追問 Patrick 了，他已走出了韻彙。

結果買了《金枝玉葉》七點半戲飛。

充滿 UFO 風格的電影。精緻的美術、流麗的攝影、幽默聰明的對白，以及一個靚到根本不似香港的香港——不像《重慶森林》，裡頭那個香港也迷人，但感覺是真實的；《金枝玉葉》即使充滿了香港的街道和建築物，兼且都很美，卻有著一種虛和假。

劉嘉玲一如以往，由頭到尾維持在一個很典型女人的姿態——尤其那充滿曲線的身材，對比袁詠儀的角色，女人味更濃，所以真的不明白張國榮的角色，為甚麼會對袁詠儀日久生情——兼且是對一個裝扮成男仔的袁詠儀產生感情，除了他本身就是 gay，根本難以解釋這種情感。

到最後，他知道了袁詠儀真實的性別，他的感情同時被拉回正軌，得到合理化，他欣然接受，觀眾欣然接受，包括公司秘書也欣然接受。

唯獨 Patrick 不能接受。

我呢，沒有接受不接受，而只覺得是一個符合大眾口味心願的港產片典型聰明的處理。

但除了主題曲〈追〉，整套戲沒有任何一樣事物，入腦。

23 錦繡前程

上了一架 81K，目的地是瀝源邨蘭香閣。

約了健和 Paul 吃早餐，看大學聯招結果。

由我買報紙。反正今天有漫畫出新一期，本身都要買，順手。

拿著漫畫和報紙，坐在巴士上層，沒有看漫畫，沒有揭開報紙。打算見到他們才一起看 —— 假的。實在太緊張，緊張是因為怕。

很多人跟我說，你的成績比想像中好，有甚麼好怕，但「怕」這種心理，有就有，沒有就沒有，可不是別人一句說話，就會自自然然消失。

害怕結果，更害怕其後的事。

意味著要進入另一個階段。

考 mock 的時候，只想早一點考完 A-level，早一點受完折磨，早一點放暑假，以便找暑期工，不用再每朝早回到學校，回到那位於娛樂城旁、已經在裡頭讀了七年書的學校。在這麼一個空間度過了七年，這七年，是

一個階段。

　　將會告別這個空間和階段，（如無意外）進入另一個空間，踏入另一個階段。

　　令我害怕的原來是這個變化。

　　過去那個階段，有健，有 Paul，有偉，還有很多（其實不算熟的）同學；下一個階段，他們都不再存在 —— 他們當然仍會存在，不存在的是「他們陪著我」這事實。

　　已經刊登在我手中報紙某版的大學聯招結果，正是令「他們陪著我」這事實不再存在的真憑實據。

　　在這麼一個重大變化來臨前的一晚，唯有盡量不去想，盡量做一些平日會做的事：去好運中心，去龍城，去韻彙，去沙田廣場，去哈迪斯，去機舖，再去看一齣戲，一齣從來沒打算看的戲。

　　《錦繡前程》。

　　不打算看的原因，包括題材，包括部分演員，包括導演，包括 poster，包括戲名，也包括張國榮的造型。

　　戲一開始，就見到張國榮以一個不討好的造型，盡做一些不討好的行為 —— 那種不討好，是真的完全不討好，甚至稱得上乞人憎，做保險經紀但吞掉年老

client 的錢，搵前女友笨，搵朋友笨，利用別人的信任⋯⋯

從未見過這麼一個張國榮。在過去，他的電影角色都是有型、不羈、反叛、重情義，就算角色不一定完全正面，但依然不失有型，不似得《錦繡前程》的「林超榮」，賣友求榮，由始至終，在任何場合，都以一個市儈西裝友造型示人，還戴上（在我眼中絕對）象徵斯文敗類的金絲眼鏡。

人，對「林超榮」來說，不外乎是可以利用的工具——當中的分別，就只有利用價值的高低。朋友女友和老闆？都不過是有待利用的工具。

這些工具，都有助他擺脫過去一個不堪階段，順利進入另一個（相對）順遂的階段。

他就是一個努力讓自己不斷進入下一個階段的人。當中有個重要前設：下一個階段，必須要比上一個階段好。上一個女友可以讓他度過患難？那麼下一個女友就應該能讓他嘗到富貴。

過去任何階段對他來說都不重要，於是，以「過去」作為基礎、本質的朋友，都不重要。

任何感情都不重要，都只會拖累他。

離奇是，就在有望進入下一個重大階段之前，他

竟然顧念舊情，放棄了他夢寐以求的錦繡前程。

不進倒退。他打回原形。

從來不算是張國榮迷，但這齣《錦繡前程》，證明他可以不只是杰仔，也不只是旭仔，更加可以是「林超榮」，一個絕對不討好的人。

一個本來就極討好的人，能夠讓自己從容自由變成一個極不討好的人。

戲裡面每一個人，自然都是虛構，卻又有著一份真實，部分真實得來可恨，部分真實得來可愛，最可愛的，是梁思敏那個對所愛的人一直付出所有的角色。

一班朋友，可以永遠保留赤子之心，永遠停留在某個階段。

回到家，梳洗，攤在下格床，一整晚沒有睡，眼光光，看著上格床那木板。

想到未來，但以後未來是個謎。突然想起〈最後一夜〉裡這句歌詞。

81K 到了瀝源邨。

是時候落車。本來想拖慢步伐，但又心急，心急想知聯招結果，於是把明明拖慢了的步伐加快，結果變回一個正常步速。

唯有繼續行。

24 Forrest Gump: The Soundtrack

有些事忘記了，有些事忘不了。

忘記了的不一定是瑣碎事，忘不了的也不一定是甚麼重要事。

好記得 1994 年買過這張 *Forrest Gump: The Soundtrack*，在沙田廣場的韻彙，不是本店，是分店。分店對面，是一間專賣攝影器材的舖頭，後來櫥窗放了一部 Canon EOS 500 相機，一直想買，但一直沒買。這兩間舖頭先後結業了，不再存在了，還有沒有人記得它們？不排除到了將來某天，記得它們的人都統統死掉，那麼它們的存在，就不再是一個（因為有人記住而獲得確認的）事實。

買 *Forrest Gump: The Soundtrack*，是因為偶然看見某本雜誌 B 書的樂評，說這是一齣將上映電影的 soundtrack，收錄了大量美國搖滾金曲，簡直就是一次濃縮版美國搖滾發展史 —— 其實這些對我來說都不重要，最重要是當中收錄了 *California Dreamin'*，在《重慶

森林》裡被阿菲不斷聽的那一首歌，那一首是令她夢遊，遊到去加州的歌。

這麼一首重要的歌，竟然沒被收錄在《重慶森林》原聲大碟內。

要聽這一首 *California Dreamin'*，唯一途徑就是買這張 *Forrest Gump: The Soundtrack*。

其實買 The Mamas & The Papas 的專輯或精選也可以，但問題是，1994 年的我，只是個懂得聽廣東歌和一點點日本歌的普通沙田青年，不會知道 *California Dreamin'* 的原唱者就是一隊名叫「The Mamas & The Papas」的樂隊，就算知，也不代表想去買他們的專輯精選聽他們其他歌。

我只想聽 *California Dreamin'* 而已。

看了樂評那段文字，記住 soundtrack 封套模樣，第二天，便搭 81K 去沙田市中心，穿過新城市廣場，去到沙田廣場，走到商場裡的韻彙，找那張收錄了 *California Dreamin'* 的 *Forrest Gump: The Soundtrack*。

反而價錢忘記了。一百八十元？抑或二百？忘記了，只記得價錢比一般 CD 貴，畢竟雙 CD，收貴一點甚或一倍，好正常。

記得買的時候是中午 —— 明明是三十年前的事，

竟然仍有一個很模糊的畫面，存在於腦裡 —— 買了碟，落樓下哈迪斯食晏，本來有想過去地下那間韓國燒烤吃他們的午餐，吃燒牛肉，很鍾意那個汁，會撈汁送飯；店方最初會先給你一碗裝得滿滿的白飯，不夠飽？可以再要一碗，分量一樣。那時候沙田市中心很多食肆供選擇，記憶中，大部分都好吃，就連一間連鎖快餐店的兩餸飯都好吃。

當然有可能是那時候的我只求填飽肚而已。就算後來被編去做飲食版記者，也不像其他行家那麼懂得吃，所以最怕去那些行家飯局，看著他們專業的食相，聽著他們獨到精闢的飯後感，只覺得自己是個未經開發的人。

那天還發生了甚麼事？不太記得了，但倒肯定，沒有立即搭81K返屋企，而是像往常去沙田市中心一樣，行過去好運中心的龍城，看看有甚麼新出漫畫 —— 必定會有，必定是每一本都想買，但通常最多只會買三本。賣 game 的舖頭反而不會去，有段頗長的時間，沒在屋企打機，要打的話，去機舖。

那天有沒有去機舖？應該沒有 …… 又或許，有入過去看看。

CD 肯定即晚就聽。一開始，立即揀了 *California*

Dreamin' 來聽，連續聽了五次後，就試著由第一首歌順著次序聽下去——第一首是 *Hound Dog*，聽唱腔，應該是貓王 Elvis Presley；第二首 *Rebel Rouser*，已經不認識；第三首 *(I Don't Know Why) But I Do*，也是不認識……直至第十首 *Rainy Day Women #12&35*，才認得唱的人似乎是 Bob Dylan。

A 碟十六首歌，最熟悉的只有兩首，*California Dreamin'* 和 Simon & Garfunkel 的 *Mrs. Robinson*——因為看過《畢業生》，在明珠台看，還錄了下來，以便不時翻看（如果我是德斯汀荷夫曼，肯定會揀 Mrs. Robinson）。

A 碟已經如此，B 碟情況更嚴重——沒有一首是認識的。當然，這不是 sonudtrack 問題，純粹是我個人問題。

但沒所謂，反正一開始決定買這張 soundtrack，就是為了聽 *California Dreamin'* 而已。

至於該齣戲，該齣後來被片商改了個名字叫做《阿甘正傳》的戲，則是在上了大學後，才在海運看。暫時未寫到，但一定會寫到。

這張 *Forrest Gump: The Soundtrack*，後來仍會不時翻聽，終於認識當中每一位歌手及每一個樂隊了，有

一些，後來也成為自己喜愛的，例如 The Doors，例如 Jefferson Airplane，例如 The Byrds。最初自然是聽在韻彙（用不知是一百八十抑或二百元）買的雙 CD，到了現在，已沒有 CD 機，新推出的 notebook 也不設 CD-ROM，唯有聽串流，沒有歌書，甚麼都不著痕跡；雜誌也沒再看，因為已沒有甚麼雜誌了，有的，都只是網上的各式內容農場，農場不設樂評，而只有挪用別人一句起兩句止的 IG 動態便足以寫成一篇文的報道。

就連我，都終於失去雜誌的工作。

「以後這裡再沒有適合你的位置。」

這句話其實也可簡單轉換成：你不再適合這裡了。

但無論使用哪種句式來陳述，沒有說出口的一句都完全相同。

這個深夜，一邊寫《1994》，一邊聽 *Forrest Gump: The Soundtrack*。

歌仍是那些歌，不會變，只是已經世界變。

25 十誡

中午，來到信和一樓，一間唱片舖門前。未開舖。

一心來買精裝版《十誡》。

出了一個月，一直想買，但一直沒買。

原因有點無聊——如能成功入讀中大歷史系，就把這盒精裝版《十誡》作為禮物送給自己。

一直喜歡鄭秀文，她的碟我沒有買齊，但大部分都有買，最喜歡 *Never Too Late* 和《快樂迷宮》——不少人嫌 *Never Too Late* 封套上的她形象太過成熟，成熟到有點老成持重，偏偏深得我心。

買其他女歌手的碟，不怕讓健知道；但買鄭秀文的碟？絕對不能讓他知道。

一直以來健只知我是王菲歌迷。

從沒幫襯過這間開在信和一樓的唱片舖，問題是，坊間已經再買不到精裝版《十誡》，唯獨這裡有——即使炒價，但屬可接受範圍。

這天早上，要先把文件送去九龍灣，送完了，時

間尚早，加上不用立即趕返公司，搭 1A 去旺角。

偏偏因為時間太早，未開舖。

過去一個月每次去到信和，都會刻意經過這間唱片舖門口，看看那盒《十誡》還在不在 —— 老闆把它放在門口當眼處，每次望見，都很想買走，但一直死忍。

其實不知道為甚麼要死忍，或許是怕一旦買了 —— 在還不知道能否成為中大歷史系學生的情況下買了，便會構成某種詛咒，以致中大歷史系不收我……

在信和一樓兜了幾圈，唱片舖仍未開；唯有落地庫「橫濱」看看新出的水著雜誌封面（本來見到有本很想買，但要返工，被同事見到不好），再去閣樓（平日絕少行閣樓），再上二樓兜個圈，才折返一樓。

唱片舖的鐵閘仍然下著，沒有準備開的跡象。

沒辦法，唯有先去吃午飯。

或許太過記掛著那盒精裝版《十誡》，沒甚麼胃口，巨無霸勉強吃完，薯條吃剩了大半。過去靈機，玩了一鋪 *Forgotten Worlds* —— 這是我第一款在不續關情況下打爆的街機 game，只是這天玩到第五關就 game over。

想去小便，但想起靈機門外那廁所的惡劣狀況，忍忍。

食晏，打機，大概花去四十五分鐘，相信唱片舖已經開門了吧。

仍然未開。

要返公司了，不能再等。

唯有收工過後才再去吧。

行去油麻地站搭地鐵往柴灣。在車廂裡，一直想著那盒《十誡》，想著紙盒上那張貼紙上的鄭秀文⋯⋯

然後想到，下星期要去中大本部某座 building 辦理入學手續 —— 是哪一座 building？完全忘記了名字⋯⋯還沒有請假，待會返到公司記得要先請假⋯⋯

回到公司已是二時四十分。有張圖要畫，有點急，收工前要給客戶。先去小便，便回到繪圖架前的座位，坐好，拿起鉛筆，開始畫。

五時三十五分，大致畫完，有些位置還可以改一改，但趕時間，把圖交給同事算了。

很餓。明知時間上有點尷尬，不理了，趕到工廠大廈樓下飯堂買了餐蛋治凍奶茶堂食。五時五十六分，吃完，飯堂閂門。

其實夠鐘收工，然後趕過去信和，但突然，失去

了意欲，不想過去 —— 可能忙完一個下午，有點累。

　　況且真的那麼需要這盒精裝版《十誡》嗎？可能需要，也可能不太需要 —— 中午那一刻，無疑很需要，但到了現在，傍晚時分，又似乎沒有迫切需要。

　　反而心血來潮，去了銅鑼灣糖街一個小商場的美國漫畫舖，買了幾本漫畫，當中包括應該是最新推出的 *Spawn*。回家。

　　那一天就像任何大部分日子一樣，很平常。如果硬要去找一點所謂意義的話，或許是證明了，原來我未夠喜愛鄭秀文。

26 Reality Bites

Winona Ryder。

這個英文名我不懂得讀，往往只會提她的中文名字。

雲露娜維達。

是在哪裡認識這名字？忘記了（後來才想起看過她的《吸血殭屍：驚情四百年》），但在這一年，的確經常在不同報章雜誌看見這名字被提起，娛樂版會報道她的新聞，可能是戀情，可能是新戲；也有一些雜誌，嚴格來說是小說式的雜誌，會騰出好幾版，登她的相片，再加上幾段寫了等於沒寫的文字，我買，自然是因為那幾版相片。

1971 年出生的她被不斷報道，那年她二十三歲。

喜愛二十三歲的她，喜愛短髮的她。

其實開始令我記住這名字這個人的是一張海報，一張張貼在信和某間店舖當眼處的海報。

海報上有兩男一女，女的自然是雲露娜維達，她

位於正中間，男的分別站在她左右兩邊，他們是誰？我不知道，亦懶得去理。

這張海報對我來說最重要的就只有身處正中間的她，雲露娜維達，每次行經那間舖看見那張海報，也只會聚焦在她身上。

肯定連店員也知道我經常看她 —— 每次經過，都會入去，扮作揀 postcard，但其實一直在偷看海報上的她。我知，我的演技太拙劣。

那是間專賣電影產品的舖頭。電影海報、電影 postcard，以及一些日本版的電影宣傳單張。通常會買那些日本版宣傳單張，喜歡那些設計，他們總能夠用自己的方法將一齣明明不好看的電影，設計成一張很美觀得體的宣傳單張 —— 如果電影本身已經好，宣傳單張就更加美。我不懂設計，但也看得出，這就是優良的平面設計示範。

電影 poatcard？間中會買。電影海報？從來不買。

價錢貴，一張，一百八十元至二百元不等，有些較受歡迎的電影，甚至索價超過二百，例如《阿飛正傳》那一張。

就算買得起，也不知可以貼在哪裡。畢竟沒有自己的房間。

慶幸成功升讀中大，有宿舍住，即使不得不跟別人同房，但在某個意義上，算是擁有屬於自己的房間——至少，擁有屬於自己的一面牆，一面讓我貼上心愛海報的牆。突然慶幸自己在考 A-level 時沒有放棄，拚了命（尤其考中史時）。

這一天，收工後，來到信和，來到這間專售電影相關產品的舖頭，沒有再佯裝揀 postcard（以便在期間偷看雲露娜維達），而是光明正大，咳了一下，清一清喉嚨：「給我這一張。」有想過親自說出「Reality Bites」這戲名，始終這兩個英文字都在我的認識範圍內，問題是，不知道當它們連在一起時有甚麼意思？「現實」「咬」？「現實」怎樣去「咬」？對於不明不白的事情和事物，不要貿貿然說出口——這是其中一個我給自己的 rule。

「二百蚊。」店員說，說的時候，沒有表情，是真的沒有任何表情。他這種無表情的表達方式我早已習慣，自然地，從銀包取出兩張一百元紙幣（以致銀包裡只餘下兩張廿元和一張十元紙幣），遞給他，他在身旁一個貨架取出一卷已被預先捲好及用膠袋裝好的紙，交給我。過程裡，他完全沒有任何表情。

伸出手，把那卷紙拿著，握好。感覺是那麼實在。

其實沒有看過這齣 *Reality Bites*。不是不想看（怎會不想看？），而是香港沒上映。

我給自己的另一個 rule：如果未曾看過該齣電影，就絕對不要購買該電影的任何產品。

例如 poster（事實上從沒買過任何一齣戲的 poster），例如 postcard，又例如 soundtrack ── 明明不足一星期前才買了那齣 *Forrest Gump* 的 soundtrack，但努力嘗試說服自己：買 soundtrack，完全是為了一首 *California Dreamin'*，而因為是透過《重慶森林》才認識和愛上這一首歌，是有了充分認知，才去買 *Forrest Gump: The Soundtrack*。

買了海報後，離開信和，去找健吃晚飯。

去了油麻地一間未幫襯過的茶餐廳。健要了乾炒牛河凍檸茶，我要了凍奶茶西炒飯。

Rule no.3：每逢幫襯一間從未幫襯過的茶餐廳，一定點西炒飯。

西炒飯很簡單也很複雜，複雜在那個酸味的程度，太濃，不好吃，太淡，不如吃揚州炒飯。一直相信，西炒飯，最能夠測試茶餐廳炒粉麵的水準。我曾跟健提過，他只說「黐線要試都試乾炒牛河啦」，事實上，健在吃這一環，很單一，去茶餐廳，永遠只吃乾炒

牛河，連乾炒肉片河或乾炒牛意也不吃。

　　侍應把西炒飯送到。色水很差，完全看不見有用茄汁去炒的跡象；撻了一羹飯，放入口，唉，完全不酸。這間茶餐廳，不會再來。

　　順便問健，幾天後到中大辦入學手續時要帶甚麼——當然早就從有關方面給的單張中知道要帶備甚麼，但怕帶漏，跟健確認最好——他除了看電影口味太單一和太喜歡看 AV 這些缺點，其實是個很有條理的人，考 A-level，會預先去試場，不只一次，而是兩次，這樣才能知道路程會否因交通而有所差異，如果有，就能確定那差異的幅度。准考證？他當然不會帶漏，他甚至會在我考試前一晚打電話提我。

　　「剛才買了甚麼？」健問。

　　「Poster。」我說。

　　「誰的 poster？」

　　「雲露娜維達。」

　　「露甚麼吖？」

　　「雲露娜維達，中文譯名來。」

　　「做過甚麼戲？」

　　「《幻海奇緣》。添布頓導演。」我沒看過這齣戲。

　　「哦，拍《蝙蝠俠》那一個，肯定好鬼悶。」當日

和健一起去看《蝙蝠俠》，散場後他一直鬧，說不能接受蝙蝠俠件衫上面有腹肌。「腹肌應該是好似史泰龍那樣練出來的！」

健把最後一啖凍檸茶吸入口：「你屋企有位貼poster？」

「之後貼在宿舍。」

「甚麼宿舍？」

「中大的宿舍。」

「黐線，誰跟你說有得住宿舍？」

是的，從來沒有人跟我說過有宿舍住。

健解釋，之前四年制，才有「四年一宿」，現在三年制，況且我們住得那麼近，「搭火車都只是搭兩個站」。

Reality。這就是 reality。

讓我不能把雲露娜維達貼在睡床旁。

27 魔鬼的情詩

正在一幢建築物外排隊，等待辦理入學手續。

建築物位於本部，只有兩層，名叫「潤昌堂」。

那天一直下著雨，所以不算熱，至少的我穿的灰色汗衣上，仍沒有出現深灰色的汗跡。

拜託，千萬不要出現汗跡，這樣實在很失禮，尤其排在我前面和後面的都是女同學。

尤其是前面那一個。偶然間，讓我知道了，她也是歷史系學生。

她留了一頭長髮，皮膚很白；從她的衣飾，可以肯定她不是住在沙田或大圍，因為有點名貴，我從來沒有在沙田或大圍看過有同齡的人這樣穿。

怎樣知道她是歷史系學生？要回到半小時前 —— 半小時前，仍在這幢潤昌堂前排隊（沒錯，排我前面的就是她），突然，吹來一陣很大的風，把她手上的一張紙吹走，原因不明，我左手突然不受控地舉起，一手握住那張被吹走的紙。從來不知道自己反應可以這麼快。

把紙交回給她期間，忍不住瞥了一眼，噢，原來也是歷史系。

「我也是歷史系的。」—— 這句話將近從口中吐出來時我制止住，一旦這樣說，即是代表剛才偷看了她紙上的內容。

她接過紙，笑了笑，說了句「thanks」，便把頭擰回面向潤昌堂的方向。沒有意欲跟我多說一句。

她是我喜歡的類型。當然，很多類型我都喜歡，但她絕對是我喜歡的類型。如果你追問我她屬於哪一種類型？一時間，很難答。

想到之後能跟她在同一個學系，不禁感謝自己，當日在試場沒有放棄。

排了四十五分鐘。甚麼入學手續需要辦那麼長時間？後悔剛才出門時，沒有帶本漫畫或小說。

她塞住耳，聽歌。一邊聽，一邊看著手中一本booklet，從 size 看，是 CD 附有的那種 booklet —— 你或者會奇怪，她明明背住我，但我竟然知道得那麼清楚……是這樣的：期間我一度行到前方不遠處一個垃圾桶，掉垃圾；垃圾其實是我從銀包找到的一張不知道幾時得來的單據。

單是這麼一個舉動，已經足以確定兩個事實：1. 她

正在看的是《魔鬼的情詩》booklet；2. 她絕對是我喜歡的類型。

我也有買《魔鬼的情詩》CD。實在太喜歡陳昇的〈把悲傷留給自己〉。第一次聽，是在一個周六的電視台音樂節目，那一集還有陳昇做嘉賓。這麼不有型甚至稱得上平凡的男人，竟能創作出這麼深情的歌，要把悲傷留給自己。原來深情，跟樣貌無關。

這首〈把悲傷留給自己〉後來被李克勤翻唱成〈愛你不需要理由〉（他又再一次把別人成功的歌改成為自己的歌），一度成為健的最愛。其實沒有一首李克勤的歌不是健的最愛。

就為了這一首歌，買了《魔鬼的情詩》CD。最初以為只會來來去去都只聽〈把悲傷留給自己〉，想不到，其他歌也經常聽，〈紅色氣球〉、〈別讓我哭〉、〈不再讓你孤單〉——尤其喜歡〈不再讓你孤單〉，單是歌名，已證明陳昇是個深情的人。

很想跟站在我前面的她說，其實我——這個站在你後面、跟你一樣修讀歷史系、樣子平凡的人，也很喜歡陳昇的歌，例如〈不再讓你孤單〉……

當然沒有跟她說。來日方長，機會多的是。

終於等到辦理入學手續。都是繁文縟節，不贅了。

離開潤昌堂，還有很多繁文縟節要處理。太餓，先和健去飯堂吃點東西。

　　來到范克廉樓。這裡就是中大學生其中一個主要飯堂。

　　健買了盅頭飯，我買了燒味雙拼飯。

　　談不上好食但又不算難食。就在吃著一件很難咬開的叉燒時，她坐了在我身旁不遠處 —— 她不是自己一個，還有一個人陪她。那個人的樣貌，肯定比陳昇好看。

　　我真的沒有試圖偷聽，只是她說得實在太大聲，大聲到讓我聽見她在埋怨，埋怨他（那個生得比陳昇好看的人）要她聽這隻碟，兼且要看歌詞。「好鬼悶！」

　　我突然有點討厭她，即使她絕對是我喜歡的類型。

28 愛上飛鳥的女孩／台北玫瑰

　　在范克廉樓 canteen 吃完飯，準備離開。

　　「等校巴？行落山？」健問。

　　「沒所謂。行去大埔道搭巴士去市中心也可以。」

　　「巴士好疏，尤其 72A，我試過等大半個鐘。」

　　「那麼行落去火車站吧。」

　　行到運動場附近，健問：「有沒有報大 O camp？」

　　「沒有。」

　　「我有。」健再說：「其實只去細 O 也都可以。大 O 要去五日四夜，換言之有四晚看不到《鐵膽梁寬》……」《鐵膽梁寬》，李克勤難得做主角的非時裝劇，他演梁寬，演黃飛鴻的是梁家仁。健晚晚追看，甚至錄下來（而且飛走廣告），方便重溫時不會被廣告打斷。

　　「細 O？哪裡報名？」

　　「剛才見不到你的學系攤位？」

　　回想，好像沒有 —— 抑或我根本沒留意？

「不去細 O 有沒有問題？」

「又不算有問題，但去會比較好囉，識同學，師兄師姐又會教你揀科。」

辦入學手續時排我前面的她會不會去細 O？

唯有返回本部。行上山，實在有點吃力，下午過後太陽又有點猛……決定過馬路到對面校巴站等車。健繼續行落山，他說他約了 Paul。Paul 入了港大工商管理學系，健說日後比較少機會見到 Paul，要趁開學前，珍惜可以見面和借 AV 的機會。

健入讀生物系。記憶中他曾說過自己最想報讀醫學院，但記憶中的他也曾經這樣說：「無奈我只對婦科有興趣。」不知認真還是說笑。

慶幸他沒有讀醫，沒有機會做醫生 —— 其實我擔心，他會性騷擾護士或病人（或兩者都騷擾）。他最喜愛的 AV 場景，是醫院的診療室；最喜愛的 AV 故事人設，是醫生護士與病人。

等了十五分鐘，總算等到校巴。坐滿人，也站滿人，沒辦法。

來到本部，走到百萬大道，總算找到歷史系的攤位；兩個師兄一個師姐幫我登記名字，給我一張紙，紙上寫了歷史系迎新營細節，例如集合時間和地點。

「你是新亞書院的嗎？一陣有個 tour，帶新同學行新亞。有興趣的話，兩點半在新亞校巴站集合。」問我的是那位師姐。

「好呀。」其實完全不想參加，但又實在有需要參加。

兩點廿五分，到達新亞校巴站。兩點半，師姐來到。除了我，還有三個男同學兩名女同學。恕我直言，兩名女同學樣貌都很平凡。當然對方也可能覺得我平凡，甚或醜樣。

那三個男同學，一個一直在笑，一個不斷說話，每一句話都必定有個英文字，而且每逢說到英文字時都特別高音。

最後的一個，沉默，剛才見到他的時候，他正在看書，買平凹《廢都》。這本小說我一直很想看。

還留意到他用了一張蘇慧倫 3R 相做書籤。

很想跟同學說，我也喜歡蘇慧倫。

即使只看過她一齣戲，買過她一張精選碟。

那齣戲是《只要為你活一天》。去年租 LD 來看，是健租的，他說葉玉卿做主角，看故事簡介有提到黑幫，以為是一齣香艷動作片，但原來是文藝片，節奏頗慢，而真正女主角其實是蘇慧倫。

「嘩個造型好老土。」這是健對蘇慧倫在戲中造型的評價。

看不夠半小時健已經放棄，拿我書櫃的《魁！男塾》來看。

我卻似乎被這個被健形容為老土的台灣女生吸引。在香港，沒有這一類偶像歌手。後來才知道，嚴格來說她不是演員，而是歌手，〈我一個人住〉就是她唱的。曾想過買收錄了〈我一個人住〉的專輯《六月的茉莉夢》，但又想，自己似乎還未喜歡她到一個值得付出百多元買她專輯的程度。在韻彙把 CD 拿起，掙扎了一段時間，又放回原位。

直至幾個月前看見她推出了精選碟，剛巧暑期工出了糧，想也不想便買了。

聽了幾次，聽得最多的自然是〈我一個人住〉，其次是她的出道歌〈追得過一切〉。其餘的，對我來說，有點悶。或許台灣的流行曲就是這樣。

師姐帶我們先到錢穆圖書館，她簡單介紹了借書的方法、搜尋圖書的系統、放學術期刊的地方（那一刻我完全不知道甚麼是學術期刊），便讓我們自由活動。

那兩個（樣貌平凡的）女同學走在一起；經常笑的同學在翻閱學術期刊，期間一直在笑；每一句說話都

夾雜英文單字（而且例必高音）的同學，坐在一個角落，發呆，又或思考。

　　至於那個用蘇慧倫 3R 相做書籤的沉默同學，站在專放小說的書架前。

　　我走到他身邊，扮在看書架上的小說；很多作者名字都在我認知範圍以外，唯一一個算做認識的（但只是聽過名字而已），是張恨水。

　　「我一直想看《廢都》。」這一句自然是跟那同學說的。

　　他看了我一眼，好似說了句甚麼，只是我完全聽不清楚。

　　「賈平凹之前還有本《浮躁》。」

　　「不是讀『粒』，是『娃』。」同學頓了一頓：「他原來的名字是『賈平娃』，『娃娃看天下』那個『娃』。後來把『娃』改成『凹』。」

　　原來一直把他名字錯讀成賈平「粒」。很廢。

　　「我也喜歡蘇慧倫。」我認為有轉話題的迫切需要。

　　他只是點了一下頭。

　　「最初認識她是透過《只要為你活一天》，後來才買她的碟聽。〈我一個人住〉自然好聽，出道歌〈追得過一切〉，其實也很不錯。」

「不只是很不錯，是極好。」

我沒回應，只笑了一下。

「〈台北玫瑰〉呢？喜不喜歡？」他主動問了我第一個問題，問題中卻出現一個我完全陌生的歌名。

我只買過精選碟《愛上飛鳥的女孩》。記憶中，裡頭沒有收錄一首叫〈台北玫瑰〉的歌。

「如果不喜歡〈台北玫瑰〉，根本，談不上喜歡蘇慧倫。」說完，他走到書架的另一面。

後來才知道，〈台北玫瑰〉收錄在《六月的茉莉夢》——當日被我在韻彙拎起，最後卻又放回原位的那張蘇慧倫專輯。蘇慧倫第五張專輯，她跟朱雀文化最後一張合作的專輯。這首〈台北玫瑰〉，後來有個廣東版〈失戀娃娃〉，在蘇慧倫被唱片公司安排進軍香港樂壇時的主打。坦白，國語原版好好多，有味道得多。

之後沒再跟那個看《廢都》用蘇慧倫 3R 相做書籤的同學說過半句。一年後，他轉系，轉到中文系。

29 射鵰英雄傳

下星期迎新營，是時候辭工了。

見工時，勞資雙方都清楚是暑期工，辭職，只須早幾天講便可以。我提早一星期通知，好來好去。

來到最後一星期，那些平面圖已經難不倒我，最高紀錄，一天可以畫三幅。

工程和維修部同事 John 知道我將離職，說要請我食飯。

我提議去公司樓下飯堂，John 說不如過去漁灣邨。

他帶我去了一間冰室，裝修和門面都有點舊，令我想起小學時每天在牛頭角下邨吃早餐的茶餐廳。

秉承那條自訂的「每逢幫襯一間從未幫襯過的茶餐廳都點西炒飯」rule，叫了西炒飯凍奶茶。John 則要了星洲炒米凍好立克。

「從未食過西炒飯。用茄汁炒飯，總覺得有點怪。」

「我就從未食過星洲米，怕辣。」

西炒飯和星洲米同一時間送到。John 讓我夾了一

點米粉，我給了他一羹炒飯。

「用茄汁來炒飯果然很怪。」

「真的很辣。我想我餘生都不能自己吃得完一碟星洲米。」

西炒飯和星洲米的話題就此完結。

「聽大佬講你入了中大歷史系？」John 口中的「大佬」，是他上司。工程和維修部就只有 John 和大佬兩個人。

我點了一下頭，問：「你女友呢？」

他邊吃著米粉邊說：「好似是……政治及行政系。中大，跟你一樣，你之後可能會遇見她。」應該沒太大機會遇見，但又很難講，畢竟規定要修讀 selective 學科。

「為何會想讀歷史？中史抑或西史？我以前最鬼驚。」

「兩邊都要讀。其實我只想讀中史。」

John 沒追問，繼續吃著星洲米，嘴唇被米粉沾得黃黃的。

「因為想寫武俠小說。」我飲了一啖凍奶茶。「梁羽生金庸那一種。」

「我只聽過金庸。但想寫武俠小說跟讀歷史有甚麼

關係?」

「金庸的武俠小說，往往結合歷史，不像古龍那一些，發生在歷史時空不明的世界。」

「這樣會比較好看?」

「至少對我來說是。」

「因為這樣就令你有了報讀歷史的決定?」

「可以這樣說。」自從在中五暑假看了《射鵰英雄傳》，開始不斷看金庸小說，看得多，自然想寫（就像以前迷上《衛斯理》，開始學寫科幻小說），在中六那一年，先後寫了兩個短篇武俠，並成功刊登在中文學會出版的刊物——中文學會的主席，剛巧是我同學。

「現在播的那一齣《射鵰英雄傳》就是金庸寫的嘛。有沒有看?」

「間中。」其實每一晚都有看，但不因為這是改編自金庸小說。

純粹因為做黃蓉的是朱茵。

朱茵每一齣有份參演的電視劇和電影我都有看，《都市的童話》、《原振俠》、《逃學威龍 2》、《風塵三俠》、《超級計劃》、《的士判官》……在她仍然有做《閃電傳真機》主持時，我甚至連籃球都不打，連好運中心都不去，每日放學，立即搭巴士趕返屋企。

問題是做郭靖的是張智霖。

我不討厭張智霖，就只是不喜歡而已。不知道當日是誰揀他，如果讓我知道，實在很想當面對那個人說：這個選角很錯，嚴重地錯。假如對方追問錯的理由？我只會說：純粹不喜歡，不喜歡可以沒理由。

就像喜歡，同樣可以沒理由。我喜歡朱茵，不需要理由。

不需要提供理由去喜歡，這份喜歡才最純粹。

「我沒有看，最憎古裝片。」John 的回答，把拚命想著朱茵的我拉回現實，拉回到漁灣邨的冰室。

「朱茵演黃蓉演得不錯。」我盡量說得輕描淡寫一點。

「我心目中完美的黃蓉只有翁美玲。知道她自殺後，第二日返到學校不停跟同學討論。一個擁有美好前途的人竟然自殺，我完全不能明白，不能接受。」

我也喜歡翁美玲。當年她的死，是我第一次體驗到死亡，死亡，就是由存在變成不存在 —— 當時自然不懂得用「存在」這字眼。

而這一刻存在的是朱茵。

「或許我根本對電視劇不感興趣。」John 說。他那碟星洲米已吃得一乾二淨。

「那麼你有甚麼興趣？」

「似乎沒有……」John 想了好一會，再說：「大概是砌模型吧。」

「砌哪種類型？」

「甚麼都砌，跑車、電單車、戰艦、戰機，但一定不砌高達。」

我只砌高達模型，但沒有說。

「差不多了。」他用力把最後一啖凍好立克吸入口，拎起單，行去收銀處。

之後一星期，John 都出去外面工作。原來那一餐在漁灣邨冰室吃的午飯，已是我最後一次見 John。

有些人，注定跟你擦身而過。

30 Jim Carrey

師兄帶我們來到聯合書院恒生樓一樓。

「換好衫，十五分鐘後大堂集合。」師兄把一件 T 恤遞給我。

是 L 碼。

「有沒有 XL？」

「XL 只訂做了幾件，有人要了。」

我除去身上的 adidas T 恤。流了汗，T 恤的背被沾濕了一片。

換上那件 L 碼歷史系 T 恤，不算窄，但如果是 XL，會比較舒適。

「早知不參加。」說的是未來四日三夜跟我住同一間房的組員，他的名字，文。

我沒回應，不知回應甚麼才合適，也不排除，他說這一句「早知不參加」並不是在尋求別人認同。

「一陣肯定要玩集體遊戲。」文一邊換 T 恤一邊說。

我沒說甚麼，只苦笑。

文估中了，集合後，我們這群 Year 1 歷史系學生，先分組，進行拔河比賽。

那個辦入學手續排在我前面的女同學，自然也穿上了那件 T 恤──很貼身，完全突顯了她身形，她拿了哪個 size 來穿？

也留意到（其實完全不想留意）那個跟我都是新亞、不停在笑的同學，不論在拔河前、拔河期間，甚至拔河之後，都在笑。笑不是問題，問題是他笑得很難看。

拔河比賽只是熱身，之後，我們再被安排進行多項遊戲，有動又有靜。

怎可能預計到，在我為了成為金庸型武俠小說家而讀歷史之前，竟要先參與大量集體遊戲。但我依然投入──努力裝出一副投入的樣子。

文完全不投入，亦沒有掩飾自己那份不投入。突然有點敬佩他。

完成最後一個遊戲，已將近下午一時。

師兄師姐帶我們到了聯合書院 canteen。我沒胃口，只想飲可樂。

文吃了兩碗飯，飲了兩碗湯，以及大量餸（他尤其欣賞那一碟中式牛柳）。「去去廁所。」文說，然後

151

行出 canteen。

大概十分鐘後，回來。

下午，又是一連串集體遊戲，分別是，移師室內進行。

我繼續扮作投入，文繼續不投入。

和我同組的，除了文，還有另外兩名男同學三名女同學。男同學的名字我暫時記不到，女同學的外貌／身形則令我沒法子記住她們的名字。

為甚麼不是辦入學手續排在我前面的女同學和我同一組？不過，由朝早集合到現在，我跟她對望過好幾次，她的目光都明顯沒有 focus 在我面上。應該認不到我，又或者，「我」從來沒有存在於她腦海裡。

見不到那個看賈平凹《廢都》和用蘇慧倫 3R 相做書籤的同學，他沒報名參加迎新營？但他在不在，我不在乎。

六時半，晚飯時間。地點依然是聯合書院 canteen。

文同樣吃了兩碗飯，飲了兩碗湯，以及大量餸，然後說了句「去去廁所」就行出 canteen。

回到房。他立即除去那件歷史系 T 恤，裸著上半身，從背囊拎出一本英文雜誌。

雜誌名字：*Entertainment Weekly*。

Jim Carrey

我知道這本雜誌，但沒買過也沒看過。

「今期正，訪問 Courtney Love。」文說。

「Courtney Love」是個不存在於我腦海裡的名字，或概念。

「她是？」我有想過問不問，但實在太想知。

「Kurt Cobain 老婆。你有沒有聽過 Nirvana？」

Kurt Cobain，我記得，我聽過。曾經有個怪模怪樣的人在韻彙跟我說他自殺。

「沒聽過歌，但知道 Kurt Cobain 吞槍自殺。」

「外國很多陰謀論，甚至有人說他是被謀殺，黐線。」

「你有沒有聽 Britpop？」外國音樂類型，我就只認識 Britpop。

「有，但不太喜歡。音樂上，有點淺薄。Pulp 算最好，Jarvis Cocker 的歌詞寫得實在太好。」

「*Babies* 的歌詞衰格得來有份淒美。」突然慶幸 Patrick 曾經把 Pulp 的 *His 'n' Hers* 專輯借我。已有一段時間沒見 Patrick。

文從背囊拎出另一本雜誌，同樣也是 *Entertainment Weekly*。封面人物我認得，是 Jim Carrey。

他把雜誌遞給我。我有點遲疑，但總算把

Entertainment Weekly 接過來。

「看雜誌好過玩那些遊戲。大學生還要去玩拔河⋯⋯你有看雜誌？」

「有買《電影雙周刊》。」

「香港雜誌我少看，很多資料都照抄外國雜誌，不如看回原版好過。」他又拿出另一本雜誌，遞給我，*Sight & Sound*。我接過來，揭了揭，圖片極少，英文字卻很多。

「*Entertainment Weekly* 娛樂性高好多。」文說，這時候，他點了煙，並把煙盒遞過來，我說不需要，他說：「如果介意，我可以把煙吹出窗。」

「OK 的。」

「Jim Carrey 有齣新戲，*The Mask*，好想看，希望香港會上映。」他用力吸一口煙，再用力把煙吐出。「固然想看 Jim Carrey，但更想看女主角 Cameron Diaz。」文的英語發音很好 —— 由我說出口可能說服力欠奉，但至少，我沒法子把這一個個英文名流利說出。

「Jim Carrey 和 Cameron Diaz 都會愈來愈紅。荷里活需要一個新笑匠，也需要一個新尤物。」文本來想點另一支煙，但又把煙放回煙盒。「有沒有看《神探飛機頭》？齣戲其實不算好看，但至少，有 Jim Carrey 的部

分都是好看的，他擁有一種其他演員沒有的特質。」

　　他穿上波鞋。「我去外面呼吸一下。」說到「呼吸」兩個字時語調明顯不同。

31 Quentin Tarantino

迎新營第二天。

在聯合書院 canteen 食早餐，然後繼續進行集體遊戲。

究竟師兄師姐為我們安排了幾多集體遊戲？

但仍然落力參與。我認為，每逢加入一個新的群體，表現合群，是必須的。

不是不想特立獨行，問題是，要先擁有特立獨行的資格。

我自問，沒有。

文不同，他是那種注定特立獨行的人 —— 至少我認為是。

當大家都不得不落力參與集體遊戲時，他就不知去了哪裡。「組爸」有問我（畢竟我跟文同房），我只答「不知道啊」，而事實上，的確不知道。

下午十二時五十分左右，文已身處聯合書院 canteen，等開飯。

我跟他說，「組爸」有問他行蹤，他說：「你說不知道就可以了，事實上你的確不知道。」

文依然很好胃口，三碗飯，兩碗湯，再吃了大量餸。

根據昨天派發的日程，午飯後的活動，是參觀胡忠圖書館（歷史系的書主要放那裡）和本部的中大圖書館。

「我會消失。」文說。「剛才你們玩那些白癡遊戲時我已去了一趟胡忠。」

我連「吓」也來不及說，文已經自行離開。當然，他沒有先清楚交代行蹤。

這次輪到「組媽」問我：「你知道文去了哪裡？」

我的答案還是那一個：「我也不知道。」

「明明剛才 lunch 才見到他……」

我只能苦笑。

晚飯後，沖完涼，拿出一疊選科資料 —— 明天早上，要到兆龍樓遞交選科表。應該揀哪些科？看著那本有點厚的科目介紹，完全沒頭緒。

文在窗邊抽煙。他總是用力地吸，然後再用力地把肺裡的煙呼出窗外。

「你揀好科？」我忍不住問。

「一早揀好了，在下午。」他用力吸了一口煙。

「那麼快手……」

「不是我快手，只是根本就沒甚麼可以揀。」

我不明白他的意思。單是歷史系，已開設十多個科目……

「所謂選擇，很多時，只是假象。」文把煙頭放進一個已沒有汽水的汽水樽裡。「先講第一個 sem。Year 1 可以揀的，其實只有幾科，『美國史』、『中國文化史』、『中國上古史』。」

我不明白。文繼續說：「的確還有另外兩科，但其中一科『隋唐史』，跟我們 Year 1 必修的那科『史學方法』編在同一時間，不能揀；至於『中國思想史』，你看看編號，是四字頭科目，只適合高年班的選修——當然，除非你好鍾意這一科，以及好有信心。」

聽了文的解說，沒錯，眼前的選擇原來真的不多，甚至可以說，根本沒有選擇餘地。

「甚至比起 Mr. White 更加沒有選擇。至少，他還可以揀，向不向 Mr. Orange 開槍。」

如果不是去年租過《落水狗》LD 來看，肯定聽不明文這段說話。「Mr. White 最後有沒有向 Mr. Orange 開槍？你認為？」

　　　　　　Quentin Tarantino

文看著我，表情明顯有點驚訝。「原來你有看過《落水狗》。」

多得《電影雙周刊》，才知道有《落水狗》這齣電影，以及知道 Quentin Tarantino 這位新導演。

「你認為？」文反問我。

沒有立即答他，而是先想了一想：「如果我是他，應該會開槍，畢竟這個人是二五仔⋯⋯問題是，就算有充分理由令我相信應該開槍，卻不代表真的會開槍。沒辦法，相處了一段時間後，Mr. White 跟 Mr. Orange 產生了一種⋯⋯類似友情吧。」

「只是友情？會不會是比起友情更進一步的感情？」

霎時間不明白文的意思。他繼續說：「看過一些外國影評，說 Mr. White 向 Mr. Orange 投射了一份愛情的感覺。沒錯，有些影評人提出，Tarantino 在 Mr. White 身上作出了一點點同性戀的影射。」

我不是影評人，沒有這樣想過。

「不排除純粹是影評人的過度詮釋。」

過度詮釋。這是我人生中第一次聽見「詮釋」這個詞語 —— 不是解釋，是詮釋。這詞語，我必須好好記住。

「唉，好想早一點看到 Tarantino 的新作！」這一句，文不似在向我說。

「他有新作？」

「*Pulp Fiction* 嘛，《電影雙周刊》未介紹？之前才在康城拿了金棕櫚。」

文總是知道一些我完全不知曉的事。這兩天迎新營已充分證實了這一點。

同時證實，外國雜誌提供的資訊，的確比起《電影雙周刊》或其他香港雜誌多，有機會，真的要試試買來看，問題是我的英文閱讀水平……

文換了波鞋。「不阻你揀科，我去外面呼吸一下。」說到「呼吸」時明顯語調不同。

32 二十歲的眼淚

迎新營完結那天，跟文交換了電話。

「不過我經常躝街。」他說。

除了文，在迎新營也認識了幾個比較談得來的同學——不知幸或不幸，都是男同學。

一早約了健，在大學火車站會合。

健說：「去蘭香閣食晏，我請，突然好懷念那裡的午餐。」我沒異議。

我們坐在慣常坐的卡位，他一邊吃火腿扒（或可形容為一塊很厚的火腿），一邊分享迎新營經歷：「生物系同學玩得好癲！而且有個女同學，竟然有點似朝岡實嶺！」

朝岡實嶺，AV 女優。「和其他同業比較，她以知性著稱。」這是健的形容；而事實上，她是大學生。

健的 AV 女優排行榜：1. 庄司美雪、2. 淺倉舞、3. 朝岡實嶺。

以下是他喜愛她們的原因：「庄司美雪，永遠在過

程中全情投入、堅決；淺倉舞，她的美貌絕非虛無；朝岡實嶺，洋溢知性。」健從來沒唸過文學，竟然押了韻。

「似朝岡實嶺？會不會有點誇張？」

「相曬出來後再給你看。」健正在咀嚼火腿扒。「我好期待大Ｏ！」是的，他有報名參加書院迎新營，五日四夜。

之後一星期，不是留在家看小說，就是獨自去好運中心買漫畫，去沙田廣場打機，以及搭火車出過一次旺角，去靈機，去信和──唯獨沒有去 UA6，實在沒甚麼戲想看。有想過不如找文，但好幾次，拿起了電話聽筒，又放低。以前的我，約女同學出街明明好大膽。

1994 年 8 月就此完結。

1994 年 9 月 5 日，開學日。

實不相瞞，有點憂慮。入了心儀的大學心儀的學系，成為金庸系武俠小說家的夢想，邁向了一大步，卻沒有任何喜悅──最喜悅的時候，大概是知道 JUPAS 結果那一天，之後，喜悅程度一直下降，到了迎新營那幾天甚至暴跌；到現在，沒有喜悅，只有憂慮，接近恐懼的憂慮。

憂慮甚麼？新的環境新的同學新的老師新的學習

模式。又或，不是為了某些相對具體的事物而憂慮，但總之，每天一睡醒，腦海裡，就湧現著憂慮，直至再次入睡。

9月1日至9月4日，明明是應該好好珍惜的四天，偏偏，每一天都在憂慮。

唯有去韻彙。新城市廣場五樓那一間。地方大，有足夠空間讓我停留。

站在擺英美 CD 的貨架前雙眼嚴重失焦，完全不知自己在看甚麼 —— 當然也因為，根本不認識這些英美樂隊和歌手。

行去擺廣東歌 CD 那邊，雙眼繼續失焦。

再行去國語歌 CD 貨架，雙眼留意到一條海豚。

海豚上，有一個英文字：BOBBY CHEN。

陳昇。

他推出了新專輯。

《風箏》。

拿起 CD，無意識地，翻去背面看歌名。

第一首歌，〈二十歲的眼淚〉。

當「二十歲的眼淚」這一組字被我的視覺神經成功傳送至腦袋，再經由不知甚麼方法被我意識認知，一種奇怪的感覺突然產生 —— 是感觸？抑或比較類似感

動？連我也不知道。

然後把 CD 拎去收銀處。其實不知道銀包有沒有一百零五元現金。

好彩，裡頭有五張二十元紙幣和四張十元紙幣，以及一元二元硬幣，各六個。

付了 CD 的錢後，還夠錢去哈迪斯，以及搭 81K 返屋企。

打開門，入屋，衫也沒換，便把包著 CD 的透明膠袋撕開，打開 CD 盒，把 CD 放進 CD 機。

前奏及不上〈把悲傷留給自己〉，但很快，就聽到陳昇的聲音。

// 二十歲的燭光，映在你柔美的臉上。
驕傲的男人哪，開始了流浪的旅程。
也許路上偶爾會有風，風裡依然有我們的歌。//

我的國語水平接近聾啞，唯有一邊看著歌書的歌詞一邊聽。

// 二十歲的火光，映在你堅定的臉上。
淚乾的男人哪，開始了流浪的旅程。

也許路上偶爾會寂寞，溫柔男人用它來寫歌。//

我十九歲。嚴格來說，那一天聽著這首〈二十歲的眼淚〉的我仍是十八歲。

到下個月，10月，才十九歲。

由十九歲變成二十歲，應該不單純是兩個數字的改變，而是一個階段的終結，另一個階段的開始。情況大概似由中學生變為大學生。

然而，到了二十歲的時候應該怎麼樣？我不知道（就像，仍然不知道大學生應該怎麼樣）。

畢竟對我來說這個年歲仍是一個不具有實體意義的概念。

陳昇這一首歌卻似乎給了我一點提示，或啟示。

// 是二十歲的男人就不再哭泣，
因為我們再找不到原因；
是二十歲的男人就要會離開，
能夠離開所有柔情的牽絆。//

就是不再哭泣 —— 不能夠再哭泣。
事實上，記憶中，升上中學後已經沒再哭過。

很早已明白，有些人只消一滴眼淚，已經感覺矜貴；有些人，就算流再多的淚，也絕對不會令別人產生任何感覺。我就是這一類人。

那天，把〈二十歲的眼淚〉不斷翻聽，打算聽到一個反胃作嘔的地步，但一直沒有，以致只能夠一直聽下去。

// 是二十歲的男人就不該哭泣，
因為我們的夢想在他方；
到四十歲的時候我們再相逢，
笑說多年來無淚的傷痛。//

曾經以為四十歲很遙遠。
原來不遠。

33 東邪西毒（上）

　　娛樂城其中一間戲院裡（永遠記不住那兩間戲院的名字），只有五個人，其中一個是我。

　　星期二，下午二時半。一個理應沒有太多人會身處戲院的時間。

　　所以，這一刻，場內只有五個人（而其中一個是我），好合理，好正常。

　　我們五個人將會看的是《東邪西毒》。

　　本來想揀一間好一點的戲院，但今天下午沒有堂要上，在 Snack Bar 食完晏，不想再留在學校範圍，但本部校巴站又企滿人，不想等，便行去大埔道，等巴士。只是一直等不到車費最平的 72A，反而短時間內來了兩架 70。

　　巴士駛到源禾路泳池巴士站，揿鐘，落車，霎時間，沒有要去的地方，沒有趕著要做的事，望過去娛樂城，牆外掛著人手繪畫的《東邪西毒》海報，不如去看吧，反正都一定會看。

買了飛，還有點時間才開場，去了娛樂城地下那層的遊戲機中心，行了一圈，沒有想玩的遊戲—— 其實當中有不少射擊遊戲都是我喜愛的，但實在沒意欲把一元硬幣投進去，讓遊戲 start。

一直記住某同學在今早的一句話。

「你沒意見的嗎？你已經不是中學生。」

他是我「中國文化史」導修課的組員。朝早，我和他，加上另外兩名組員，約好在大學圖書館，傾幾星期後要做的 presentation 內容，順便分工。

一直相信，在任何群體內，總會有人扮演領導角色，而我同時相信，我一定不會是這類角色，所以當一開始，他已明顯自動擔當起這一個角色時，我就讓他主導發言，期間又會禮貌地點點頭，表示正在聆聽以及沒有異議。

就在我點了不知第幾下頭時突然聽到他說：「你沒意見的嗎？你已經不是中學生。」

其實真的可以答他「我沒意見」，但如果這樣答，不排除他會覺得被挑釁。唯有暫且甚麼都不說。

開學兩星期了，還在適應。上堂方式、導修形式、教授的英文、同學的相處等等，一切都需要適應，換轉其他同學，可能幾天就適應，只是我天生比較

愚笨，別人三天就能適應的事，我需要多幾十倍時間（也不保證適應得來）。

每天都不想返去中大。不是懶，不是不想上堂，只是不想處身那一個環境。

所以很佩服歐陽鋒，有勇氣離開自小成長的白駝山，獨自一人，走去荒漠居住。

而我的勇氣只容許自己暫且躲在娛樂城的戲院，一個左方的偏後座位。

「你沒意見的嗎？你已經不是中學生。」—— 我固然不再是中學生，問題是，這就代表一定要有意見的嗎？

明明沒意見，但為了表達自己是有意見而故意說出一些意見，我認為，沒必要。

對電影我有意見。看了一齣差的電影，會有意見；看了一齣好電影，也有意見。只是沒有人想聽我的意見 —— 也從來沒有想過把意見寫出來，投稿，給別人看。

歐陽鋒對很多事都有意見，有人想聽，他便說；沒有聽眾？他不在乎。

王家衛竟然會讓歐陽鋒作為主角。想不到。畢竟在絕大部分人的認知，《射鵰》裡的歐陽鋒只是奸角，

奸角，怎能成為主角。

但現在，眼前由張國榮飾演的歐陽鋒（但記憶中他不是演東邪嗎？），就是主角——由他的視點出發，配上他的大量獨白，由這麼一個容易妒忌的人，好多年之後被稱為「西毒」的人，去看，去評價另一班人，一班受到感情創傷作繭自縛的人。

「其實任何人都可以好毒，只要你試過乜嘢叫做妒忌。」

歐陽鋒說。

妒忌，是毒的先決條件。

34 東邪西毒（中）

　　從沒想過歐陽鋒是這樣的。

　　我想，連金庸也沒想過歐陽鋒會是這樣。

　　他依然是江湖人，依然是武林中人，但在王家衛的想像裡，更似是一名心理輔導。

　　為每一個來找他或託他出手解決麻煩的人梳理心理問題。當中有些是知己，有些素未謀面，也有些，似乎有點關係。

　　但這個心理輔導不懷好意 —— 他根本懶理這班人的心理糾結，而只是以一個理性的旁觀者身份，（過分）理性地，旁觀他人之痛苦。

　　他人的痛苦，就是他的良藥。

　　紓緩他自己心理疾病的良藥。

　　他人愈痛苦，藥力愈是見效。

　　先後找他的人，黃藥師、慕容燕、慕容嫣、盲武士、孤女、洪七、一班畏懼馬賊面目模糊的村民，每一個都有問題，問題種類繁多，有些涉及性命，有些是兒

女私情；有些和盤托出，有些講不出口⋯⋯

歐陽鋒逐一傾聽，有些，他肯出手幫忙，也有些，他自稱無能為力。

《射鵰英雄傳》，我第一本看的金庸小說，西毒歐陽鋒被描寫成一個奸角，很典型的奸角，因為是奸角，就連練的功，都是感覺核突歹毒的蛤蟆功。他不只奸，也沒有道德（奸，自然沒有道德），在男女關係上亂來，跟大嫂私通，生下歐陽克。

奸角就是奸角，金庸亦沒有為歐陽鋒的毒提供解釋，彷彿他一生下來，就是個至毒的人 —— 歐陽鋒的毒，就是他本質，本質先於存在。

而不是沙特所說的「存在先於本質」。

其實從來沒認真研習過存在主義，也沒完整看過當中任何一本書，只是看過幾頁海德格的《存有與時間》，浮光掠影看過半本《存在主義是一種人文主義》。

結果只記得「存在先於本質」這一句。太有型了，要記得的始終都會記得。

王家衛卻嘗試代替金庸，解釋歐陽鋒的毒 —— 毒的成因，以及毒所衍生的。

歐陽鋒原來是旭仔。兩個人都有煩惱，有煩惱是因為記性太好，記住得不到的人，記住無法得到的

情，記住永遠喪失了的人和情。分別是，旭仔選擇放棄自己，歐陽鋒選擇繼續活下去，以一種長期保持妒忌的心，活下去。

他是否奸？我開始不知道，而只知道，他其實是個很有生命力的人。

他很強大，卻故意不顯露這份強大，甚至把自己隱藏，他以為自己已經把個人心理狀態處理得貼貼服服。

直至遇上洪七。洪七所擁有的，正是他一直渴望的。

斷了一隻手指？沒問題，最重要是活得痛快。痛痛快快，帶住妻子，闖蕩江湖。

歐陽鋒極妒忌這個人。而這一次，妒忌太深，深到動搖了他維持多年的生活方式。

他離開荒漠，決定回到白駝山，一個曾經令他無法回頭的地方。他不再放逐，不再逃避。

我自然不知道場內其餘四個觀眾怎麼想。我自己？很激動，歐陽鋒的舉動鼓舞了我，令我振作。

《東邪西毒》竟然是一齣勵志片。而且是透過一名奸角去勵我們的志。

我不會像慕容嬣，為逃避情傷，分裂出一個慕容

燕。我不會像盲武士，為忘記桃花，選擇自毀。我不會像黃藥師，為記住桃花，隱居桃花島。我也不會像那班廢村民，為逃避馬賊，而只能假手於人。

我要向歐陽鋒學習。

問題是，我面對的不是江湖不是武林，沒有甚麼不快記憶，也沒有面對不了的敵人，而只有一個陌生的校園，一班陌生的同學，一連串陌生的導修課，在眼前。

山後面是甚麼？另一座山。

但每一座山，都是難關。

35 東邪西毒（下）

　　我不是西毒，我不能學他，把自己放逐到荒漠去（況且香港根本沒有荒漠）。

　　每一天，都必須返到中大，去聽聽不明的那一科「美國史」——不因為內容太深，是因為教授的英文發音，我完全聽不到（所以根本不能分辨他教的內容深不深）。

　　還要面對同學，面對跟我被編在同一組導修的同學。約好明天在胡忠圖書館傾 tuto，好希望，今次能夠有點意見發表。

　　佩服有些同學，早在揀科時已經有周詳部署，讓自己不需要每一天都返學，也不用返「天地堂」，為自己騰出更多時間，幫人補習，返兼職。

　　健近況如何？我不知道，開學後，一直沒見過他，打電話給他，他總是不在家。

　　「你可以 call 我嘛。」有次在百萬大道遇見他，他這樣說——原來他買了 call 機。開學那個禮拜，有電訊

商在范克廉樓外擺攤位，健就是在那時候，決定為自己上台，擁有了人生中第一部 call 機，以及秘書（因為秘書台的關係）。

「作為大學生，的確需要有部 call 機傍身。」

完全不明白這兩句之間存在著甚麼因果關係。

有一點需要補充。那天在百萬大道遇見健的時候，他不是自己一個，而是跟一個（我不認識的）女同學一起；從健當天說話的腔調聽得出，他正在打發我，很明顯，不想我阻住他。

本來想 call 他，問他身邊的女同學是誰，但又似乎有點無聊，亦未免太過八卦 —— 算了，他想說的時候自然會說。

真實原因其實是：從未打過上 call 台留訊息給別人，有點懼怕。

打上 call 台，想不到，也可以成為我面前一座（跨不過的）山。很廢。

這種廢的感覺一直纏住我。我決定走堂，不去上美國史的課。

上了校巴，到火車站，搭去沙田，再行過去瀝源邨，在恆園叫了一個茶餐，火腿奄列煎得很好，凍奶茶的茶與奶比例也相當好。很少幫襯恆園，讀中學時，感

覺上只有女同學才會來；這天身邊坐著的都是男人，抽煙，飲奶茶，食多士。

然後去娛樂城機舖，行了個圈，打了幾舖機。

結果還是上戲院買了一張《東邪西毒》戲飛。

很想回到歐陽鋒住的那片荒漠。暫且，也好。

臨近開場時遇見文。

「你沒上美國史？」

「你也沒有啊。」

「你鍾意王家衛？」

「算不上。只是見好多人討論齣戲，有些讚到上天，有些踩到落地心。」

我不打算跟他說自己已經是看第二次。

「你是王家衛迷？」文問我。

「唔……算不算呢？我……」一時間不知怎樣回答才正確。

「是就是，不是就不是。不是那麼難答吧。」

沒錯，是就是，不是就不是。我卻總在宣示立場時裹足不前。

上一次看，有五個觀眾，今次少了一個。

文買的座位跟我頗近，他索性坐在我旁邊。

獨孤求敗在湖中練劍激起水花後，坐在左邊的觀

眾離場。

盲武士被馬賊一刀割破喉嚨後，坐我前幾行的觀眾離場。

全場只得我們兩個人。

文應該沒打算離場，他看得很專心，直到歐陽鋒說了一句獨白後，文冷笑了一聲。那句獨白是：「當你唔可以再擁有嘅時候，你唯一可以做嘅，就係令自己唔好忘記。」

劇終，散場。「好肚餓，不如去食飯，這裡我不熟，有沒有好介紹？」

我唯有帶他去蘭香閣。

「這裡很暗，有氣氛。」這就是文對蘭香閣的第一個觀感。

他叫了雜扒鐵板餐，配意粉；我嫌貴，叫了碟西炒飯。

「剛才聽見你笑了一聲。」我忍不住說。

「有嗎？」文正用刀把餐包切開，再把牛油搽在裡頭。

「歐陽鋒講『當你唔可以再擁有，你唯一可以做嘅就係令自己唔好忘記』時。」

文咬著餐包，瞪大眼說：「哦原來你指那個位……

因為他明明說人最大的煩惱就是因為記性太好。」霎時間我不明白他的意思，他繼續說：「這樣不就是矛盾？他一邊說記性太好會構成煩惱，一邊又說若不能再擁有就不要讓自己忘記，根本是自找煩惱。」

看了兩次，也看不見這個矛盾。

侍應把鐵板餐送來，淋上黑淑汁，熱燙的汁淋在鐵板上，發出很大聲響，文提高聲量：「不過，矛盾是成立的，畢竟裡頭那班人由始至終都在自尋煩惱。」文鋸了半條香腸放進口：「但如果⋯⋯我是金庸，又或者金庸迷，一定好不滿這個改編⋯⋯」

大概是香腸太熱，文連隨飲了一大啖可樂替口腔降溫。

「不滿？」我不打算跟他說我是金庸迷。

「那班角色在原著裡明明都是絕世高手，現在卻被描寫成恍如有嚴重精神創傷的人，而且令他們創傷的原因，純粹是兒女私情。」文把餘下的半條香腸放進口。「但真正令金庸迷不滿的原因是，王家衛竟然夠膽用古龍式的語言，去講金庸的故事。」

從沒看過古龍小說，不知道「古龍式的語言」是怎麼樣。

「我卻很喜歡這種挪用。可能因為，我不是金庸

迷，甚至有點憎金庸小說。」

這是我首次聽見有人毫不修飾地說自己憎金庸小說。

「古龍寫的人，瀟灑自由得多。」文本來想把一塊牛扒放進口，卻突然停下來：「你不會是金庸迷吧？」在我還沒想到應該怎樣回應時他已經說：「就算你是，覺得我冒犯了你，我也不會收回剛才那番說話。」

看著吃雜扒餐的文，令我產生了一種感覺。

就像歐陽鋒妒忌帶著老婆闖蕩江湖的洪七，我竟然有一點點妒忌文，妒忌這個敢於表達自己想法的人。

36 飯島愛

「飯島愛引退了。」

開學後第一次和健同枱食飯時他這樣說。

地點不是瀝源邨蘭香閣，是 Coffee Corner。在中大本部，我只會在范克廉樓 canteen 食飯，不是食燒味飯就是盅頭飯（盅頭飯可以豉油任添），間中去 Snack Bar；Coffee Corner？未去過。原因？沒甚麼原因。

今天，健主動約我。

或許有一段時間沒見面，健的外貌改變了 —— 嚴格來說是他的「造型」改變了：頭髮長了，但沒有梳得整齊貼服，似在營造飄逸效果，不知道這是他自己抑或是髮型師的主意。印象中，過去的健，最不重視髮型（也不注重頭髮清潔），他飛髮，只會去大圍找上海師傅。

這個飄逸髮型應該不會來自大圍上海理髮師傅的主意。

不知道健主動約我食飯的原因，但應該，不會純

粹為了向我交代「飯島愛引退」這消息吧。

「但其實，我開心的。」健說。我不明白他這句話的用意，又或，我的注意力一直放在他新髮型上，沒有認真聽他的話。看著他這個新髮型，不太慣。

「難道拍一世 AV。」原來令他開心的是飯島愛引退這件事。但聽他語氣，完全感受不到他開心。

淺倉舞。朝岡實嶺。飯島愛。

三位九十年代初出道的 AV 女優中，健最愛，飯島愛。

之前提過，健有自己一個排行榜：1. 庄司美雪、2. 淺倉舞、3. 朝岡實嶺。

飯島愛不入榜。

因為她太超然——「她不應被排名規限。」健說。

健那麼愛飯島愛（而且她地位那麼超然崇高），原因竟然是她的膚色。

「她的膚色好正，給我一份健康感。」

其實關鍵是飯島愛能夠給健一份很投入演出的感覺——我自然不知道健是透過甚麼方式得來這份感受（他對 AV 擁有一套特別的感知系統？），但對於另一位同時期出道的 AV 女優白石瞳，他的評價就只是：「得個『靚』字，但完全不投入，沒有 passion。」

題外話。英文堂從來沒教過「passion」這個 vocabulary，是張立基那首〈震撼〉教曉了我們。「Passion！我要看見 passion！」自從健學懂了「passion」，看 AV 會不時大吼，最初會罵他黐線，後來聽慣了。

題外話。健好鍾意〈震撼〉的 MV，甚至隆重其事錄下來以便不時翻看，原因不是歌曲本身。「吳雪雯好正。」吳雪雯，〈震撼〉MV 女主角。

無論淺倉舞抑或朝岡實嶺又或飯島愛的作品，都是因為 Paul，我和健才能夠有機會欣賞。

朝岡實嶺去年引退的時候，健失落了好一陣子，但記得他當時也是這樣說：「其實我開心，難道拍一世 AV。」

有理由相信，飯島愛引退，健根本一點都不開心，甚至是，極度傷心。

想不到和健在成為大學生後第一次同枱食飯，話題（仍然）是 AV。

但其實我開心。

入讀歷史系，截至目前為止，都找不到一個可以談這類話題的同學——當然，我沒有主動去找，難道主動問人：「你有看 AV 的良好習慣嗎？」又或主

動向同學說：「平成三大 AV 女優我最欣賞淺倉舞因為她⋯⋯」不可能。不應該。我和同學應該要說的是——意見，對於導修課內容的意見，但偏偏，我沒有。

也令我有一點點回到以前的感覺。

會去 Paul 屋企看 AV 借 AV，會參考 Paul 的 AV 推介，會（被迫）聆聽健的 AV 評論⋯⋯

Paul 近況如何？開學後就沒見過他，他也沒有約我和健去他屋企。

那個作為 AV 供應商的 Paul 是否也引退了？

我不知道。

但其實，我開心的。

難道看一世 AV。

或許大家或多或少都有了改變，只有我沒變，或不想改變。

37 Pulp Fiction Soundtrack

今年買了兩張 soundtrack，都是在連電影也未曾看的情況下買。

第一張，*Forrest Gump: The Soundtrack*。收錄的都是美國搖滾歌曲。

第二張，*Pulp Fiction Soundtrack*。收錄的是 —— 我不懂得怎樣形容，裡頭那些歌，感覺似乎都有點舊，卻又不是甚麼聽慣聽熟懷舊金曲。

例如 surf music。查字典，「surf」，解作「衝浪」，跟「music」連在一起，亦即「衝浪音樂」，但甚麼是「衝浪音樂」？我不知道。我不知道的還包括那些樂隊和歌手，Dick Dale & His Del-Tones、Kool & the Gang、Al Green、Ricky Nelson、The Centurians、The Statler Brothers、The Lively Ones……

統統都在我認知範圍以外。

當然，這與我的認知範圍實在太小有關。

曾幾何時會有種感覺，覺得自己認識、知道很多

很多事物，但這種感覺，只是錯覺。

文認識和知道的肯定已比我多。

告訴我流行文化的，來來去去，都是那幾本香港雜誌，像 *Pulp Fiction Soundtrack*，就是在其中一本的樂評看見，裡面提到這張 soundtrack 收錄的都是舊歌，沒有原創音樂，而且特別在收錄了戲中一些對白。

在我的認知範圍內有一個 statement：Quentin Tarantino 寫的對白是當今荷里活最好的對白。

即使不少人覺得是廢話。

未看 *Pulp Fiction*。單憑看《落水狗》的經驗，我可以肯定他寫的對白絕對不是廢話，但是不是當今荷里活最好的？不敢講，畢竟他寫的都是美式英語，而我連英式英語也學不好（以致我上「美國史」的時候完全像個**聾**人）。

既然別人說好，就當好吧。同學說得對，我果然是個沒意見的人。

但至少仍然夠膽說，這張 *Pulp Fiction Soundtrack*，很好聽。真的很好聽。

甚至替我為電影預先建構了一個氛圍（「氛圍」是我剛剛學到的詞語）。

是甚麼氛圍？卻又說不來。

或許近似一種我對美國的感覺——不是真實的那個美國，而是電影裡的美國，B級片裡的美國，是平日去大圍影碟舖租B級片美版LD所看見的美國。

　　那天，文帶我去他宿舍，崇基的「何宿」（何善衡夫人宿舍）。他的房間，很典型的大學生宿舍房間，唯一不典型的是，書枱上放了一個汽水膠樽，裡頭有水，浸滿煙頭。是因為煙草？水是啡黑色的。

　　他說，同房的是物理系同學。「他叫我把煙吹出窗外。」他又說，這個物理系同學有時會帶女友上來。「他一早問了我上堂的時間，只會趁我上堂時才帶她來。」

　　「你不介意？」

　　「當然不介意。換轉是我也會這樣。」

　　我看著物理系同學的床，被摺得整齊，床單沒摺痕。

　　物理系同學書枱上有部CD機。「可以用來播CD嗎？」

　　「CD機自然可以用來播CD。」

　　「其實我想問的是，我可不可以用這部CD機？」

　　文點了一下頭。我在書包拿出 *Pulp Fiction Soundtrack*，打開，拎起CD，放在CD盤，按「Play」——

　　是一段對白，隱約聽到一把女聲說了句「I love you

Pumpkin」，輪到男聲說「I love you Honey Bunny」，
然後他們再說了甚麼我已經完全聽不到，一首叫做
「Misirlou」的純音樂隨即響起。

「原來你買了。」

「你也有買？」

「沒有。我沒有 CD 機。」

我應該是露出了一個錯愕的表情。即使，只是一
剎那，但文肯定見到。「或者你會驚訝有人居然沒有
CD 機，但這是事實：有些人，就是連 CD 機也沒有。」

「那麼你平日用甚麼來聽歌？」立即察覺自己問了
一個不應問的問題。

「Cassette，電台。」

我已有好幾年沒再聽 cassette。

「不買部 CD 機？」立即察覺自己又問了一個不應
問的問題。

「窮。做補習賺的錢，統統用來買書買雜誌。書和
雜誌，沒代替品；聽歌呢，不一定要聽 CD。」

我倆沒再說甚麼。*Pulp Fiction Soundtrack* 繼續在轉
動。

第二 cut，是對白。「Royale with cheese ——」文自
言自語。很想問他這段對白其實在說甚麼。

Pulp Fiction Soundtrack

文從 CD 盒拿出 booklet。「Uma Thurman 好型。」

他點了一支煙。深深吸了口，再用力呼出，向窗外呼出，灰白色的煙，由肉眼可見，到慢慢散開，散在 9 月的陽光和風。

1994 年 9 月最後一天。

38 海虎

「可以借我揭揭？」

說話的，是坐我身旁的女同學，我不知她的名字，她亦應該不知我的名字。

她這條問題我霎時間不知怎麼回答 —— 當然理解問題的意思，不理解的是，她想我借哪本書揭揭？

周六，早上十時十五分，等待上「社會學導論」。我對社會學完全沒興趣，上了好幾堂，即將上第四堂了，依然不知道教授教了甚麼。不過，沒想過走堂，每個星期六，都會在十時十分，到達崇基書院信和樓的 lecture hall，揀一個右邊較後的座位，一邊等上堂，一邊看《海虎》。

所以當她問我「可以借我揭揭？」的時候，我的枱面上有兩本書，教授指定要買的 sociology 課本，以及我自己選擇去買的新一期《海虎》。

望望她枱面，有本 sociology 課本，封面跟我那本一樣，所以，她想問我借來揭揭的，應該是《海虎》。

「我是肥良迷。」她說。這一句，似是解釋，解釋她問我借《海虎》來揭揭的原因。

截至目前為止，十九年的人生裡，看了香港漫畫大約十一年，這十一年間，從沒遇上一個會看香港漫畫的女同學。

而且是自稱「肥良迷」的女同學。

「剛才趕住返學，經過書報攤時沒有買。」

我把《海虎》遞給她。她不像普通漫畫迷那樣立即揭來看，而是先看封面——今期封面標題「決戰殺人鯨」，封面上畫了兩個人物：海虎與奧加。

她看得很仔細，說：「背景的海浪畫得好。」這一句，似乎不是跟我說。

看了一分鐘有多，之後才揭開書頁——她揭的時候，很輕柔，不像一般看港式薄裝漫畫的人那樣，總是揭得很粗魯。

她看得很慢，每一格，不論大小，都會看上二十至三十秒——不只是為了閱讀溫日良的旁白，有些沒有旁白和對白的畫格，她都會看二十至三十秒。

她是認真對待漫畫的人。認真對待香港漫畫。

教授來到 lecture hall 時她才看了十頁。

她把《海虎》遞回給我，打開 sociology 課本，揭

至 functionalism 那一章。

Functionalism，社會學當中極重要的理論。為甚麼重要？我不知道，上了幾堂仍然完全不明白社會學做甚麼。揀這一科，純粹因為校方規定任何學生都要選修其他學系的科目。本來想揀哲學系的「哲學概論」，但教我揀科的師兄說，「哲學概論」好難，workload 又重，「社會學導論」相對上容易得多，這教授開辦的尤其好，好在不須上 tuto 不須寫 paper，只須在學期尾考一次試。自問不算懶，但既然連師兄也說「哲學概論」難，眼前又沒其他更好的選擇，就揀這科「社會學導論」吧。

的而且確，師兄沒騙我。「這一科唯一缺點，星期六一早上堂。」

星期六一早上堂，我沒所謂。

教授連續講了接近一個半小時 functionalism（而我繼續不明白），休息十五分鐘。

「可以再借我嗎？」她說。

沒所謂。把《海虎》遞給她。

這時候才看清楚她樣子。她戴了一副很大的圓框眼鏡 —— 或許眼鏡框不算大，只是戴在她臉上時，顯得尤其大。她頭髮不長，髮尾剛好過了耳珠。我比較喜

歡長頭髮的，她留長髮的話會怎麼樣？我嘗試想像，但想像不到。

她低著頭，專心看《海虎》。從側面看，她的鼻，生得很直很挺。

本來想問她成為「肥良迷」的原因，但見她正集中地看《海虎》，不想打擾她。從沒遇過一個看（香港）漫畫會看得這麼集中，集中到忘記外在世界的女孩。

休息時間過了十二分鐘，她終於把《海虎》看完，但她沒把書還給我，反而是揭回第一頁，由頭再看。一樣的集中。

休息時間完結。她把《海虎》遞回給我。依然新淨，就像今朝剛剛在書報攤買的模樣。

教授繼續教授 functionalism，我繼續聽不明白，漸漸想睡。

真的睡著了。當她拍醒我的時候，課堂剛好完結。我大力拍拍臉。

「去不去眾志？」她說。她應該是問我去不去眾志食晏。

我想去，問題是，之前約了健去蘭香閣。「我約了朋友……不好意思。」

「不需要不好意思。」

193

「不如，下星期落堂後？」

「下星期再算。」

我突然不明白為甚麼要預先約健去蘭香閣。之前和他還去不夠嗎？

「叫你甚麼好？」她突然問。

沒等我回答她就搶著說：「我叫齡，『年齡』那個『齡』。」

39 No Need to Argue

星期六上午，「社會學導論」第五堂。

依然在崇基書院信和樓 lecture hall，揀了個右邊較後的座位。枱上依然放了一本 sociology 課本和《海虎》。

只是她，阿齡，上星期那個問我借《海虎》看、戴住一副大圓框眼鏡、頭髮不長的同學，沒坐我旁邊。

她坐在左邊最後的角落位。她身旁，有個空位。

今天天氣明顯轉涼，她穿了一件橙色薄冷衫。或許因為她穿了這件橙色冷衫，才令我在坐滿人的 lecture hall，立即找到她。

有想過走過去，坐在她旁邊，這個念頭不斷在腦海出現，又立即被我否定 —— 太奇怪了吧，不想她以為我是甚麼怪人，又或有甚麼企圖。

教授說休息十五分鐘。噢，完全不知他剛才教過甚麼。

要去去廁所。離開 lecture hall 時，看了看她的座位，不見她。

小便，洗個臉，去飲品售賣機，買罐咖啡，剛巧瞥見她正走去信和樓的一個角落，她去那裡做甚麼？這件事，明顯與我無關，我與她的關連和互動，就只是借過一期《海虎》給她在課堂上看，而談過的話，也不足十句。

她的任何事都應該與我無關 —— 我跟自己說。

回到 lecture hall，坐回我的座位。教授正在回答同學問題。對於社會學其實我有很多問題，但連應該問甚麼也不知道。

往左邊的角落看，不見她，她仍然在信和樓那個角落？

下半節的課，還是完全不知道教了甚麼。好後悔揀了這一科，但已經不能退選。離開 lecture hall 時，左邊最後的角落並沒有人，原來她已經走了。

會否去了眾志堂的 canteen？

去到眾志，徹底地走了一遍，都不見她。

她的任何事都應該與我無關 —— 我再一次跟自己說。

今天沒約健到蘭香閣。搭火車，沙田站落車，去麥當勞，點了一個巨無霸，一個豬柳蛋漢堡，一杯中杯裝可樂。沒有點薯條，從來都不喜歡吃麥當勞薯條。

No Need to Argue

隨意揀了一個座位。那列火車座位總是坐滿人。

一個巨無霸加一個豬柳蛋漢堡，是平常的食量，這一天，這一個上完「社會學導論」的下午，竟然吃不完，剩下半個豬柳蛋漢堡。

拿著仍有大半杯的可樂，離開麥當勞，不想回家，有想過去沙田廣場地下的美國漫畫店，但自從他們沒聘請我後已經沒再去，事實上，在那裡總是找不到想看的漫畫。

突然想起 Patrick。已經有四個月沒見過他。

結果去了沙田廣場的韻彙。自從在那裡連續買了兩張王菲《胡思亂想》後一直都沒再去。

韻彙只有三個人。戴眼鏡的男店員、一個中年男顧客，以及齡。

她背著灰色背囊，手上拿著印了店方 logo 的膠袋，站在貨架前。

有想過立即離開，畢竟她太聚精會神看著貨架，沒察覺到我（其實她是否認得我？），只是戴眼鏡的男店員看見我，我這時候走，似乎好奇怪。

唯有行入去，盡量自然地，行去一個距離齡最遠的位置——但沙田廣場這間韻彙不是甚麼大舖，所謂最遠的距離，也不過是五六步的距離。

唯有望著貨架。一直望著貨架。希望她在察覺不到我的情況下儘快離開。

　　突然意識到右邊膊頭被一隻手拍了拍。

　　回頭看，是齡。

　　「Hello！」我竟然忙亂到說了聲「hello」。

　　「你有聽古典音樂？」齡說。原來我正站在擺放古典音樂 CD 的貨架前。

　　「看看而已……你買了甚麼？」

　　「The Cranberries 新碟。之前訂的，今日才來取。」齡打開膠袋，拿出 CD 讓我看。「你有聽嗎？」

　　「沒有……我比較少聽英文歌。」

　　「那麼，比較多聽甚麼？」

　　「廣東歌，例如王菲的，我最鍾意。」

　　「鍾意她哪方面？」

　　「形象唱腔都獨特。早前她那張《胡思亂想》，由封套到歌書，一張她的相都沒有，不像其他香港偶像歌手。」這是一個難答的問題，我自問答得不錯。

　　「但她很多歌都是改編別人的。」齡說完，停下來，想了一想又說：「當然這不是她問題，畢竟歌都不是她寫的，她只是歌手，只需要唱，但連唱腔她都模仿別人的。」

　　　　　　　　　　　　　No Need to Argue

她正在攻擊王菲 —— 正在我這個王菲迷面前直接攻擊王菲。

　　我是應該反擊的。

　　「她那首〈夢中人〉，改編 The Cranberries 的 *Dreams* 都算了，但不需要連唱腔也學 Dolores O'Riordan 吧。」她提到的那個英文名，應該是 The Cranberries 主音吧 —— 如沒估錯，The Cranberries 應該是樂隊。

　　「No need to argue。」齡補充。

　　霎時間不知怎樣回應。從來都不知道〈夢中人〉是改編歌，也從沒聽過原版的 *Dreams*。

　　我的音樂知識太貧乏。

　　「我未食 lunch，一齊嗎？」齡突然轉了話題。

　　明明吃了一個巨無霸加半個豬柳蛋漢堡的我，跟著齡，去了好運中心的小巴黎餐廳，點了一個香茅豬扒飯，一杯凍咖啡。

　　吃香茅豬扒飯時我知道了，齡本科修讀哲學。她也知道了我是歷史系學生。「從來沒有在馮景禧樓見過你。」齡說。

　　我沒讓她知道我是王菲迷。

40 Friends

「中國文化史」導修課。

終於做完 presentation。

所謂 presentation，只是把預先寫好的報告，由頭到尾，一字不漏，向同學和助教讀一次，期間見到有同學打瞌睡，也有同學閉上眼，但不似在思考甚麼嚴肅問題。

Present 得最好的，是那個曾經問我「你沒有意見嗎？」的同學。他今天穿了一件湖水藍恤衫，一條卡其色褲，一雙簇新皮鞋，明顯是為了 presentation 而這樣穿著；至於我，和另外兩個組員，上身都是印有公仔 print 的汗衣，配上牛仔褲和（明顯穿了一段時間的）球鞋。

Presentation 完結，輪到負責 comment 的同學，針對報告內容發問 —— 其實是提出質疑和批評，但為了表現得客氣一點，總會用「多謝你們，其實你們的報告相當好」做開場白，然後接上一個連接詞，「不過」——

再說出他們不認同的地方。

問心，負責 comment 的同學並非故意挑剔，他們真的找到了我們報告中的問題與漏洞，而且集中在問我「你沒有意見嗎？」的同學那部分，於是主要交由他回應。或許連他也沒想過自己 present 的那部分會被不斷攻擊，最初回應時，還氣定神閒，但當回應得愈多，就愈亂，語氣上也明顯變差。我有想過幫他，但他應該不想別人（尤其我）幫他。

Comment 部分結束，助教做總結，說負責 comment 的同學看到了這次導修內容的重點，做 presentation 的，就有點馬虎，沒甚麼創見，大部分意見都很二手。助教所說的，我認同。

歷時一個半小時的導修課完結，那個問我「你沒有意見嗎？」的同學立即跑出課室。有點餓，去 Coffee Corner 食下午茶。

見到健。他和一個女同學（我估是健的同學吧）坐在角落，我有想過坐在另一處，以免打擾他，但不知甚麼原因，或許是做完 presentation 吧，很輕鬆，故意走過去跟他打招呼——用很煞有介事的方式和態度。

健見到我，明顯有點腼腆，但裝作沒事自然地向我介紹跟他一起的女同學，是 Mabel，健的同系同學。

「不打擾你們了，我去買個茶餐。」我說。

「當然不打擾，買完過來一起坐。」那個名叫Mabel 的女同學笑說。

我用一種「宏觀」方式快速看了看 Mabel ── 可以肯定，她是健喜歡的類型。

或許做完 presentation，胃口很好，五分鐘已把茶餐吃完；健一直和 Mabel 傾偈，可能吃茶餐吃得太專心，沒留意他們的話題。

「Mabel 帶我去她宿舍看錄影帶 ── 看一齣美國電視劇。」健說，說到「看一齣美國電視劇」這一句時刻意加重語氣。

自然明白他意思。我沒說甚麼。

「你還有堂嗎？沒有的話，一齊來吧。」Mabel 說。

我有想過婉拒，但 Mabel 又說：「看這齣劇，多些人一齊看，會更好。」

唯有應承。健沒說甚麼。

Mabel 住在新亞志文樓。我們走到本部，在邵逸夫樓對面的校巴站，搭校巴上山。

這是我第一次踏入女性的房間。不知道坐在哪裡好。健卻已坐在 Mabel 床邊。

「隨便坐吧。」Mabel 說。「但不要坐在我同房張

床。」

　　Mabel 拿出一餅錄影帶，放進錄影機；健打了我一下，這一拳的意思應該是：埋怨我為甚麼要跟著來。

　　電視機傳出聲響，劇集名字是 *Friends*。我沒聽過，也可以肯定健沒聽過。

　　「是我舅父在美國錄好後寄過來的。這齣劇剛剛開始播，好受歡迎。」

　　沒有中文字幕，角色們說的美式英語，我只能聽明三成 —— 嚴格來說是兩成；健的英文 listening 一向比我好，應該聽得明七成或以上 —— 問題是，他明顯不感興趣，畢竟播了十五分鐘左右，都沒有提供健喜歡的元素。

　　「這齣劇的主題，是友情，一種只會出現在成家立室之前的友情。」Mabel 說。「我很想利用 *Friends* 的元素，放在系會上。健，你認為呢？」

　　「Good idea，我完全贊成。」健那句「good idea」令我很想笑出來，但當然沒有。其實不太明白這齣 *Friends* 和上莊怎樣連結起來，但這是生物系的事，與我無關；況且在用力聆聽劇中各人的美式英語對答時，一直看著某個女演員，她有種好奇妙的吸引力、親和力。

　　「她是女主角嗎？叫甚麼名字？」我指著電視熒幕

上一個棕髮女子。

「Jennifer Aniston。她將來會很紅。我認為。」
Mabel 說。

「我完全認同。」健搶著說。

以前和健看錄影帶，地點必定是在 Paul 屋企，看
的不是三級片就是 AV；現在，竟然身處女生宿舍房
間，看一齣（肯定不含裸露的）美國劇集。

但最困擾我的是：近乎完全看不明。不像 Mabel
和健，一邊看，一邊笑。

聽不明那些美式英語固然是最重要的原因，其實
還有另一個我不願承認的原因。

原因不明，一直想著齡。

41 愛情萬歲

在旺角樂文書局的一個角落。

以前要買小說，只會去沙田的連鎖書店，或沙田火車站那邊商場的八方書局；買中譯版日本漫畫，去龍城或出去信和；買原裝日本漫畫，就過海，去銅鑼灣的大丸、崇光、三越、松坂屋；如果買日本的寫真集（不論有沒有裸體），會去旺角某間不起眼、面積極小的文具店──右邊貨架賣文具，左邊貨架賣寫真，相當奇怪的格局。我那本由篠山紀信攝影的青山知可子《熱帶性氣候》，就是在那文具店買。

上了大學後，才首次上去旺角的二樓書店。「二樓書店會有更多文史哲書。又有折。」某個我忘了名字的師兄說。師兄女友（也是師姐）的名字倒記得，叫Kitty。

通常去田園和樂文，有時行完樂文，會穿過大樓內的一條通道，去另一邊的學津。

田園舖面較小，多人的話，會侷促。

所以最經常去的是樂文，看文史哲書，看中譯版的日本小說，看台灣出版的電影書籍。第一本《影響》雜誌就是在樂文買，買的原因純粹是封面，封面人物是 Juliette Binoche —— 曾租 LD 看過她主演的《愛情重傷》（*Damage*），她和 Jeremy Irons 那幾場情慾戲，跟過去看的荷里活情慾片處理很不同。故事？不太記得。

　　那天，行完信和，買了本一直未買的 *A Dame to Kill For* 第六集，本來想去靈機，但又似乎沒甚麼打機意欲，結果沿著西洋菜街，行到樂文所在的大廈。

　　近收銀處的角落，專門擺放與電影有關的書，望見一本《愛情萬歲》劇本集。

　　是之前跟齡在小巴黎食香茅豬扒飯時她提過的一齣電影，台灣電影。

　　然後記得《電影雙周刊》也提及過這齣台灣電影。說電影在威尼斯電影節贏了金獅獎。

　　導演是蔡明亮。

　　一個我沒聽過的名字 —— 台灣導演我只認識侯孝賢、楊德昌和朱延平，而又只看過朱延平執導的一齣戲，《火燒島》。

　　齡說，《愛情萬歲》沒有配樂，你聽到的只會是現實中的各類人工或非人工聲響；連對白也近乎沒有，就

算有，都只是一些很生活化的日常對話，角色們也不會說 V.O.。

「這樣也能講到故事？」我疑惑。

「為甚麼不可以。」齡說。

沒看過，難以想像一齣沒對白沒 V.O. 沒配樂的電影會是怎樣，反而習慣了看很多對白很多 V.O. 很多配樂的戲，例如《東邪西毒》。

很想看《愛情萬歲》，但沒機會。齡說，她是因為電影上映時，剛好在台北旅行，立即買飛看。

「我的國語絕對不算好，但看這齣《愛情萬歲》，完全不成問題。」她又說：「如果有機會，好想看看蔡明亮為這齣戲寫的劇本。」

這一刻，我正拿著《愛情萬歲》劇本集。有八折的關係，價錢大約是三餐蘭香閣午餐總和。

要預備 term paper，本來想買徐復觀《中國人性論史 · 先秦篇》，結果，把那本《愛情萬歲》劇本集拿到去收銀處。

「一齣戲要表達寂寞，可以不停用把口講，也可以完全不講。兩種方法，我會比較欣賞後者。」很記得齡這樣說。

我沒有跟齡說自己很喜歡《東邪西毒》。

42 國產凌凌漆

「垃圾。」

是健對《國產凌凌漆》的評語。

有天晚上接到健的電話，說請我去看《國產凌凌漆》。當然沒問題，卻之不恭，反正他不請我也會自己買飛看。

但健不是周星馳迷，沒想到他會看《國產凌凌漆》。跟他在平安夜看過一次《賭俠》，由始至終他都沒笑過，期間還一直發出不耐煩的聲響。在電影方面他真的只愛看動作片和三級片，記憶中，他認為最好笑的一齣港產片，是 1991 年的《玉蒲團之偷情寶鑑》。那天在 Paul 的家我們三個一起看 LD，健一直在笑，大笑。我承認，某些情節的確很好笑，但要像健那樣不斷大笑，我做不到。

「其實很有內涵，在導人向善。」健說，語氣有點凝重。「『淫人妻女笑呵呵，淫你妻女又如何？』三個曾經在慾海裡迷失的人最後都得到覺悟。」對於健的領

悟我不知應回應甚麼，索性保持緘默。

在周星馳由一年有十一部電影上映，到開始每一部都破票房紀錄，健沒看過一部——除了《賭俠》，以及他剛剛請我看，被他稱為「垃圾」的《國產凌凌漆》。

當然不是一開始就打算請我看——實在太了解他了，結果，估中了——他原本是約了 Mabel 看（那個帶健和我去她宿舍看 Friends 錄影帶的生物系同學），但 Mabel 臨時要傾上莊的事，健多了一張戲飛，勉為其難找我陪他看。

無意改變健對周星馳電影的觀感，事實上，也沒能力改變他，健對於自己的好惡，很堅持，別人難以動搖。

但《國產凌凌漆》的確是周星馳一齣明顯有話想說，又或者，有東西想去批判的電影。的而且確，袁詠儀完全是一個錯誤的選角（她跟周星馳完全不 match），但看周星馳的戲，女主角是誰（對觀眾來說）從來都不重要，最重要的人，永遠是周星馳本人。這一次，他演一個一直等待國家給予任務的特務，總算等到了，卻原來，只是被利用，在一個龐大的權力體系裡，他由始至終都只是一個被動的人，當他明白了這一點，他唯一可以主動做的，就是拎走那餅鹹帶，遠離塵

世間的打打殺殺，而又當然劇情所需他始終還是要親身參與打打殺殺，但阿漆，這個角色這個人，是周星馳首次演一個無奈的被動的人，以致經由他所衍生的笑，都盡是苦笑。

這竟然是一個嚴肅得令人苦笑的故事。

嘗試向健說出我的看法，健聽完，只說：「我不排除會有人跟你的想法相同，但我可以好肯定，對大部分人來說，這齣戲就是完全不好笑。他們入場，不是為了苦笑。」

事實上散場時的確聽見有人說「好悶」、「完全不好笑」、「《九品芝麻官》好看得多」……

而健最簡單直接，只用「垃圾」兩個字總結。

令健最不滿的是，白白浪費了陳寶蓮，只有兩場戲，最後甚至在使出不了絕招「高熱火焰」的情況下，不明不白地死去。

「陳寶蓮一定比袁詠儀好看吧。」健說。

這時候，健的 call 機響起，他看了看機身那小小的屏幕，突然說了聲「yeah」──「Mabel 約我今晚去聯合canteen 食飯。」

頓時恍如感受到阿漆那份寂寞。

但他比我還好，至少手上有盒鹹帶。

43 Dog Man Star

齡沒有上堂。

本來打算趁休息時間，把之前在樂文買的《愛情萬歲》劇本集給她。

自從那個周六後，一直把劇本集放在書包 —— 我有（幻）想過，不排除會在某一個突如其來的時間空間，碰上齡，就例如之前在沙田廣場韻彙那一次。

那麼便可以立即把劇本集交到她手上，讓我了卻一件心事。

周日、周一、周二、周三、周四，一直沒有遇見齡。

其實，這很正常吧。

那個袋住劇本集的膠袋，一直在我書包。

某天上完導修課，已是傍晚時分，中大的天空已開始暗，本來要去聯合書院的胡忠圖書館找期刊論文，預備寫 term paper，但可能有點累，又或者（因為連日來都沒遇見齡）沒心機，走到大埔道巴士站，有巴

士來，就搭，結果搭了 70 號，去了旺角。這大概就是命運。

由於沒想過會在這麼一個時間去旺角，霎時間不知要去甚麼地方 —— 其實旺角我會去的地方來來去去那幾個，偏偏那幾個地方我今天都不想去。

結果去了荷李活商業中心。

從未來過這個商場，原來除了服裝店和西裝店，還有唱片舖。

店裡播著英文歌，我不認識的英文歌。這很正常，我不認識的英文歌實在太多。

或許陌生，加上老闆一直播我不認識的英文歌（老闆自然不需要先問我認識哪些英文歌才去播），看了一會，決定離開，隨意找個地方食飯。

「你竟然會在這裡。」沒錯，說話的正是齡。

突然有種想哭的衝動 —— 可能太激動了吧，但當然，我強忍著，還極力裝出一個不會透露絲毫感情起伏的表情說：「純粹路過。」

齡沒再跟我說下去，反而向老闆說：「一隻 *Dog Man Star*！」

「你好彩，賣剩兩隻。」老闆說完，吸了一口煙。

「去過好多地方都買不到，所以才上來博一博，結

果博到。」齡說著，從銀包拿出一張一百元紙幣。「他們兩年前那張 debut album 我經常翻聽，Brett Anderson 的歌聲實在太好。」她說了一個我不認識的名字。

或許見我沒任何反應，她問我：「你有沒有聽英國樂隊？」

「主要是……Blur。」多得健，我只認識這英國樂隊，但他們的歌我從沒聽過。

「我不喜歡他們，歌不是不好聽，但總覺得太過賣弄小聰明，不過，他們的結他手是好的。」

我沒說甚麼。

「純屬個人意見，你可以繼續喜歡的。」

我嘗試轉話題：「你剛剛買的是？」

「Suede。」

「喜歡的原因？」

「曲作得好，也唱得好，Brett Anderson 唱出一種糜爛的美。」

「主題上呢？」

「其實我不太理會歌詞。一首歌，如果本身不好聽，歌詞寫得再好，依然是一首不好聽的歌。歌，是先用來聽的，而看歌詞，是當你覺得首歌好聽之後才會去做的事。」齡把 CD 放好。「例如 Blur 的死對頭

Oasis —— 你可能沒有聽，他們那首單曲 *Supersonic* 就很好聽，於是去找回歌詞看，發現差到好似亂填。當今歌詞寫得最好的，首選是 Pulp，從歌詞你會看得出，Jarvis Cocker 是真的對生活有深入透徹的了解。」

其實我也有聽過 Pulp 的作品啊 —— 好想對齡說，但一早又不說，到現在才說，似乎太遲。

「不是任何主唱都做到 Jarvis Cocker。」

我再次嘗試轉話題：「之前聽你提過想看《愛情萬歲》劇本集，我買了一本，送給你。」

當我準備從書包把劇本集拿出時，齡緊皺著眉，凝重地說：「為甚麼要送給我？」

應該怎樣回答齡這個問題？我不知道。

「你確定了要送給我？」齡問。我唯有點點頭。

齡走回唱片舖。「老闆，最後那一隻 *Dog Man Star*，我要。」說著，已從銀包拿出一張一百元紙幣，遞給老闆。

齡把放著 *Dog Man Star* 的膠袋遞給我。「你送劇本集給我，這是我的回禮。」

我接過放著 *Dog Man Star* 的膠袋，不知要給甚麼反應。

齡說：「我要走了，要幫人補習。」

44 Brett Anderson

　　一直在聽 *Dog Man Star*。

　　反正睡不著。

　　根本不可能睡得著，腦中一直在反芻不久之前在荷李活商業中心和齡的對話。

　　如果世上有命中注定這回事，我相信，在荷李活商業中心和齡相遇，就是命中注定 —— 命中注定我會把（放在背囊一段時間的）《愛情萬歲》劇本集送給她，而她命中注定不肯接受這份突如其來無緣無故的禮物，並再命中注定送我 *Dog Man Star* 專輯 —— 而剛好那間唱片舖命中注定賣剩最後兩張 *Dog Man Star*（都先後被齡買了）。

　　傳來 Suede 主唱 Brett Anderson 的聲音，一把跟 Jarvis Cocker 完全不同的聲音，如果真的要比較，我比較喜歡 Jarvis Cocker，他唱歌，有種正在跟你說人世間各類型故事的感覺，Brett Anderson 呢，似在說自己，那一個寂寞的自己，怎樣自處 —— 其實聽不懂歌詞，

純粹是封套上那個裸著睡的男子，令我產生了上述想像，隨時是錯的，但肯定不會錯的是，*Dog Man Star* 不是一張會令人愈聽愈快樂的專輯。

憂憂愁愁。

截至目前為止，已先後聽過三張今年推出的 Britpop 專輯：Blur *Parklife*、Pulp *His 'n' Hers*、Suede *Dog Man Star*，巧合是（可能又是另一種命中注定），三張專輯都是別人給我聽，*Parklife* 是健給我的，*His 'n' Hers* 是 Patrick 借我，*Dog Man Star*，是齡送我的禮物。當然，這種巧合（或命中注定），不代表甚麼，唯一的作用，大概是令我這個只聽王菲的人，偶然聽到了 Britpop 這種（在考 A-level 時仍未知道的）音樂類型。

而且，都給了我過去聽廣東歌時沒有的感覺。

像這晚，*Dog Man Star* 就讓我聽到一種在廣東歌從來聽不到的寂寥 —— 不因為歌詞，超越了語言，完全是歌曲本身和 Brett Anderson 的聲音所提供的，尤其 *The 2 of Us*，一直揮之不去。

有個外籍人士坐在床尾。

「Sorry！累你一整晚心情不好。」

「你是？」

「忘了自我介紹，我是 Brett Anderson，亦即唱這張

Dog Man Star 的歌手。」

「你不是講英文的嗎？」

「這不是一個真實的狀態 —— 當然，世界是真實的，CD 是真實的，我的聲音是真實的，你也是真實的，但並不是所有真實事物湊合一起，就必然組成一個所謂真實的狀態。總之，在你床尾，這一刻的我，就是講廣東話。如果你想我講英文，我無任歡迎。」

「繼續這樣好了。」

「OK！你喜歡這張專輯嗎？」

「算喜歡的……」

「只是你不喜歡令你聽到這張專輯的原因和過程。我的理解正確嗎？」

「Right……」（突然說了英文，原因不明）

「但，我也沒辦法。」

「唔……」

「我只能明白你的心情，但沒辦法改變。」

「我又沒有怪你。」

「人是一種很複雜的東西，有些時候，可以合作，合作得很愉快，共同製造出一些很美好的成果，像這一張 *Dog Man Star*，如果沒有了 Bernard Butler 的結他，感覺肯定會差很多，但沒辦法，他認為與我再也不能合

作，專輯還未錄好，他已決定離開。」

「我不知道原來有這麼一個故事。」

「但 Bernard 和我，的確曾經有過一段很美好的時光，寫過不少我倆都喜歡的歌。」

「或許將來有機會再合作。」

「以後未來是個謎。」（一個外國人不只講廣東話，還能講出林振強寫的歌詞。）

「無論如何，多謝你聽了 *Dog Man Star*。寫歌唱歌，就是想有人去聽。」

「你太客氣了。」

CD 機仍然在播 *Dog Man Star*。

剛好播到 *New Generation*，大概是整張專輯感覺最輕快的一首歌。

真實的 CD 機，真實的 CD，真實的歌聲，真實的我。

剛才是我首次跟一個外籍人士交談，即使是用廣東話交談。

45 黑夢

總算忙完了 midterm。

作為大學生,仍然被要求去考一些中學生才要考的試。考試好抑或寫 paper 好?難講,考試,始終在一段有限的時間內進行,寫 paper,要找題目要找參考書要找期刊論文,花的時間較多,也煩得多,但至少在自己控制範圍內。

自從上次在荷李活商業中心見過齡後,和她就再沒有說過一句話 —— 她有上「社會學導論」,我卻故意找一個距離她最遠的位置去坐。

在學系裡認識的同學也不多,不知道是我不想主動認識別人,抑或是別人不想認識我(或被我認識),上堂落堂食晏食 tea,我總是自己一個人,躲在錢穆圖書館,找小說看。

文,算是唯一比較熟稔的,但他經常走堂。

健很投入參與學系的事,在 canteen 飯枱上,就看見他們上莊的宣傳擺設,裡面有他們一群莊員的

相片，相片裡的健，站在 Mabel 身旁。他們的系會名字 —— Bio Friends。應該是 Mabel 主意。

健的生活想必很愜意。回想，似乎從沒見過健有不太愉快的時候 —— 當然，他也會不愉快，但第二天就沒事，繼續放學後去 Paul 的家看三級片或 AV，繼續期待哪位荷里活動作巨星的新戲上畫。

我羨慕他。我永遠不能像他這樣愜意，無憂無慮。

但如果你問我為甚麼不能這樣？我答不到，我不知道。

或許因為，我從來不懂得享受日常生活，每一天，一醒，就覺得好煩，好多事煩著我，處理完了，會有滿足感或歡愉，但只是短時間的，因為還有其他煩事等著去處理。

考完 A-level，總算升上大學（而且算是自己心儀的學系），但要面對新的學習方法，面對新的同學（有一些很有主見的會嫌別人沒有意見），自己學系的，其他學系的。

例如齡。我始終不知道自己做錯了甚麼。

Call 健，想約他食晚飯，傳來秘書台一把女聲：「機主說正在忙上莊，謝絕一切聚會。」

在圖書館找了本小說看，張恨水《金粉世家》；一

直看，看到傍晚，離開錢穆圖書館，到達校巴站，校巴剛駛走，唯有步行到火車站。10月尾，天氣有點涼。

上了火車，駛到沙田時，沒有落車。不去蘭香閣了。到九龍塘才落車，轉地鐵，去九龍灣。

小學母校，在牛頭角下邨，學校對面，是個用鐵皮蓋的大型熟食檔，地下好污糟。記得聽說過，這個屋邨將重建。小學母校會搬去另一處？如果不再在同一個位置，連學校外觀也改變，那麼，還算不算是同一間學校？後來才知道這涉及一個叫做「同一性」（identity）的哲學課題。

已有一段時間沒有來德福花園。最深的記憶，是某年小學，大考成績離奇地好，有親戚在德福商場某間店舖，買了一盒接近二百元的《機甲創世記》超合金，送給我，是電單車連人形裝甲那款，人和電單車可以合體，但合體後，企不穩。

德福有間西餐廳，茜廊，從來沒去過，大人說貴，每次來到德福商場，都是去德福大酒樓。

去茜廊吧。點了一個牛扒餐，五成熟，配酥皮湯。或許因為未食過，那份新鮮感，為味道加了分。

然後到了商場內的唱片舖。

正在播一首我未聽過的歌 —— 不出奇，畢竟大部

分的歌我都未聽過。

竟然做了一件從來沒做過的事：主動走去問店員播著的是誰的歌。

「竇唯，他的新碟。」他拿起一張 CD，給我看 ——《黑夢》。

竇唯，王菲老公。娛樂新聞這樣說。

換轉在以前，一定不會對王菲老公的音樂產生任何興趣，但可能店裡的音響設備實在太好，也可能竇唯的音樂，正好呼應了我那一晚的心情，想也不想，便跟店員說：「我要一隻。」

封套上的竇唯，正以一個古怪的姿勢 —— 曲著腿，手抱著膝蓋，低著頭，瑟縮在一條火車軌上；在他身後的火車軌，看不見盡頭。

我好像看見自己。

但他至少有王菲。

46 MTV Unplugged in New York

在好運中心一間模型舖，瞥見老闆放在櫃枱的 CD。

MTV Unplugged in New York。

CD 仍被充滿光澤的膠袋包好，估計應是新買的。

令我留意到 CD 的其實是樂隊名字：Nirvana。

如果沒記錯，樂隊的主唱 Kurt Cobain 在 4 月的時候自殺。那個時候，我正在預備考 A-level。

原來已經是七個月前的事。這七個月時間，一直在慢慢地流逝，到了某一刹，才被我一下子察覺——對於時間的流逝，原來我們總是在如實地流逝過後，才察覺得到。

Kurt Cobain 自殺時留低的那一句：It's better to burn out than to fade away——fade away，不是我們能夠留意到的，當留意到了，過程已經完畢，告一段落。或許這就是「fade away」的可怕。

11 月了。1994 年已經來到尾聲。

在年初，仍是個預科生，準備考 mock exam，準備考 A-level；返暑期工，在便利店不停為客人斟兩圈半軟雪糕，在繪圖枱前不斷為公司客戶畫圖；去迎新營，開學，認識了一些人，同時跟一些過去熟稔的人少見了；看了一些 AV，看了不少戲，看了《重慶森林》和《東邪西毒》，聽了三張 Britpop 專輯；做了兩次不成功的 presentation，預備寫四份 term paper。

我的 1994 年，就是如此流逝。

「這一張，新出的？」我指了指櫃枱的 CD。

「剛剛推出，返舖前見到，立即買。」

老闆說，這是樂隊去年在 MTV 台一次 unplugged 演出。「我想那晚在場的人，永遠都會記得那一晚。」他拆了包住 CD 的膠袋，開盒，拿出 CD，放進櫃枱邊的 CD 機。

這是我第一次聽 Kurt Cobain 的歌聲。

是一把跟 Jarvis Cocker 和 Brett Anderson 完全不同的聲音。

我很喜歡他的聲音。

「他唱得比 David Bowie 更好。」老闆說的是 *The Man Who Sold the World*，原本是 David Bowie 的歌。

那一刻，我突然把要買的模型拿到櫃枱，趕快地

放下兩張二十元和一張十元紙幣，再趕快地離開模型舖。

那首 *The Man Who Sold the World* 令我突然產生了一種難以形容的感受 —— 不是甚麼感動，不是任何不快，而是一種接近痛苦的感受。

這是過去從來沒有的感受，從來沒有一首歌，能把我帶到去一個真實地感受痛苦的境地。

我想，他拿著槍，準備開槍前的一刻，也去到了一個痛苦的盡頭。

原來已經不知不覺去到了這個痛苦盡頭，只是一直以來，沒察覺。

那一剎，產生了一種極巨大的虛無。

我走到好運中心商場外的平台 —— 很晴朗的一天，深呼吸了好幾下。

這是我第一次被虛無襲擊，也是第一次擊退虛無。暫且擊退。

47 炮彈專家

11 月中的某一天，在百萬大道碰上了健。

嚴格來說是碰上了健和 Mabel。

當時我雙手捧著五本厚度不一樣但都同樣稱得上厚的書，聽著健這樣介紹 Mabel：「我女友，Mabel。」很煞有介事。

「一早識啦，上次他有去我宿舍看 *Friends*。」Mabel 說。

「Oh，霎時間記不起。」健說。

「不阻你們了。」書太重，不想多談。

「我之後再找你。」健說，這一句，表面上是很輕描淡寫的客套說話，但我實在認識這個人太長時間 —— 他明顯有要事找我。

當晚就接到健的電話，他說，要把一些書刊暫時寄存在我屋企。

自然是日本水著女優和 AV 女優寫真集（還有十幾本美國版 *Playboy*），其中一本，是我和他夾錢買的，中

四下學期，每人夾一百元（是我一星期的零用錢），結果寫真集一直被他佔有徵用，我連揭也沒揭過。

「以防 Mabel 去我屋企。」他嘆了一口氣。

「有甚麼問題。」

「怕她不喜歡。」

「難道瞞一世？」

健思索了一會，嘆了一口氣後才說：「太長遠了吧。當然，我暫時的確想一直和她一起。」Mabel，是我認識他以來第三個女友，之前兩個，一個是同學，一個是代表學校參與外面活動時認識的，分別維持了半年和一年。為甚麼會一直記著這些事？明明與我無關。

當我準備把那批寫真收好時，健以有點凝重的語氣，說了句「等一等」，把好幾本拿去，每一本，由頭到尾，再揭一次看一次。健這個舉動，竟然給我一種哀愁的感覺。

重新看過一次後，健把書交給我。「拜託了。我是一個重視清潔的人，希望你也一樣。」他嘆了一口氣。

然後他提議下個月一齊去看齣戲，看史泰龍的《炮彈專家》，荷里活典型動作片，健最鍾愛的片種。

但這一次，有點不同，這種不同令健更加無法抗拒——「莎朗史東做女主角。」健說。

好記得，當日在 Paul 屋企看《本能》LD，莎朗史東每一場床上戲，健都要求（至少）重看一遍；她在盤問室那一場，健重複看了七次，到了看第三次時索性搶走遙控器，方便他在某一個關鍵鏡頭按下「pause」。一齣兩小時的電影，結果我們用了三小時有多才看完。

明明已經看得這麼鉅細無遺和花精神，健在電影完結後還問：「那麼真兇其實是誰？米高德格拉斯原本的那個女友？」

從此他成為了莎朗史東迷，並找回她以前有份參演的電影看，例如《所羅門王寶藏》，例如《學警出更 4》，例如《宇宙威龍》；去年那齣《偷窺》，自然有看，看過後，他大失所望。「男主角露得比莎朗史東還要多。」

「據聞這一次，她與史泰龍會有激情演出。」在過去，他會直接說「床上戲」，現在卻說甚麼「激情演出」。健果然變了。

「約 Mabel 一起看吧。」

健嘆了一口氣說：「她好憎史泰龍。」

「單是這一點已經不能容忍。」

健又再嘆了一口氣。今天他究竟嘆了幾多口氣？

「請我食飯，當做存倉費。」

健沒異議。我提議，去沙田廣場地下那間韓國燒烤。

　　搭 81K 巴士去市中心時才知道，健在系會所擔任的是，宣傳。

　　「不做主席或副主席？」

　　「最憎做這些拋頭露面的，況且也不鍾意管人。」的而且確，健不是那種熱衷權力的人，這一點，沒有變。

　　結果健一直沒約我去看《炮彈專家》，說系會事務太忙。

　　12 月我唯一看過的一齣戲，是《阿甘正傳》，和齡一起看的。

48 阿甘正傳

最後一堂「社會學導論」。

決定了。決定了無論如何，都要跟齡說句話，至少，打聲招呼，或點一下頭。

頭一節課都不見她。休息過後的第二節上了十多分鐘，聽見推門聲 —— 她推開 lecture hall 的門，走進來，坐在一個距離我不算遠但亦絕對不近的座位。

今天明顯轉涼，她卻只穿了一件藍色汗衣。

Lecture hall 的冷氣溫度已經調高了些，但她還是冷得把身子縮起。

課堂正式完結。完全不知道自己對社會學有甚麼認識。

我趕緊走過去齡的座位。

她見到我，點了一下頭，我也點了一下頭。「那隻 *Dog Man Star* 好好聽。」我有想過把當晚在床尾見到 Brett Anderson 的事講給她知道，但始終太詭異，算了。

「可惜結他手離開了樂隊。我有預感，下一張專輯

就算依然有好聽的歌，但一定及不上 *Dog Man Star*。」

「是有點可惜，畢竟 Bernard Butler 的結他對樂隊太重要。」感謝那晚出現在床尾的 Brett Anderson，我才能夠說得出這一句。

這一刻才留意到齡汗衣的左邊胸口，有一個寫著「Oasis」的 logo。

在「a」和「s」之間，微微隆起了一點。

我立即把視線轉往另一處。

「有個請求，可以借借你的外套給我？」她把雙手抱在胸前。

我把外套除下。剛洗好，應該沒汗味。

她接過外套，穿好。外套穿在她身上，明顯有點大。

「去不去眾志食飯？」我主動提出。

「不如去沙田，我想買件外套。」

「太好了。」——我當然沒講出口，而只是點了點頭。

由信和樓行去大學火車站，大概十分鐘，她沒有說話，我也沒有——沒有刻意開展任何話題。不需要把每一秒鐘都用說話填滿。

到了沙田，齡在步出連城廣場、進入新城市廣場

範圍的第一間衣服連鎖店，買了一件灰色連帽衛衣，拆掉價錢牌，把我的外套除下，還給我，穿上新買的灰色連帽衛衣。

「一直好奇想問，你衫上那個『Oasis』，是牌子？」我把她還給我的外套穿上，感受到有她的溫度。

「樂隊來的……記得我好像曾經跟你提過，Blur 的死對頭嘛。」

我不知自己是問對了問題，還是問錯了問題。

「你有聽 Blur 的嘛，你可能會不喜歡 Oasis。」

「我不是 Blur 樂迷。」

我們又去了小巴黎。有想過帶他去蘭香閣，但最後沒有，原因不明。

我們都點了香茅豬扒飯和凍咖啡。

有點後悔，應該去蘭香閣，那裡坐得舒服一點，也比較適合傾談，不論是嚴肅話題，抑或不著邊際言不及義的話題，小巴黎舖面太細，座位也太擠。

「最近看過甚麼戲？」齡問。

「沒有啊，本來有朋友約我去看《炮彈專家》，但他要忙系會的事。他是史泰龍迷。」我故意沒有說健也是莎朗史東迷。

「不如去看 *Forrest Gump*？」

我腦內某個地方幸好即時將「Forrest Gump」變換成「阿甘正傳」。「好呀，反正我一早買了電影 soundtrack。」

　　「會不會是純粹為了一首 *California Dreamin'* 而買？」

　　「估中了。」

　　「不是估，你提過嘛，我記得的。」我有跟她提過嗎？依據我的記憶，應該沒有。

　　「我記性好好。」她說。

　　或許我真的有跟她提過吧。

　　買了兩點半戲飛。距離開場，還有十五分鐘，先在周圍走走。

　　來到大會堂前的那排石樓梯。已有一段時間沒有來這裡了。中五會考放榜前一晚，在這裡坐了一晚，有健和偉，談了一整晚，都是無聊話題。忘記了是誰提議，要飲啤酒，便買了一打生力，但連一罐也喝不完，嫌苦，加上夏天，啤酒變暖了，更加苦，三個人唯有走去便利店買了半打可樂。

　　好像已經是很久遠的事。

　　電影的確很好看，加上早就聽了 soundtrack，更有代入感 —— 其實更重要的是有修讀美國史（即使從來都聽不懂教授的英文），感覺上，似是對電影中提到的

美國歷史一早有了認識。

　　當我滿足地離開戲院時，齡說：「這齣戲，我好討厭。」

　　對於齡這句「這齣戲，我好討厭」，真的不懂得給予甚麼反應。

　　「為甚麼要把 Jenny 寫得那麼慘？」

　　「她總是不滿足生活狀況……」

　　「不滿足生活狀況就有問題？」

　　「以致她往往揀了一條大部分人不去揀的路……」

　　「你意思是大部分人都會揀的選擇，就是正確選擇？」

　　「也不代表正確，或許是……這樣會給予別人一種貼近主流的安穩感覺。」我好想轉換話題。

　　「這個故事最討厭的地方就是借 Jenny 這個人，去鼓勵我們應該效法 Forrest Gump，努力做一個乖人，聽話的人，因為反叛，並沒有好結果。」

　　「不過，撇除這一點，電影的確拍得很好看。」

　　「你明白嗎，這就是最大的問題……因為好看，以致那個訊息更加有力，更易令人信服……哈，原來反叛，是會有 AIDS 的，注定不得好死。」齡突然掩著口，有點抽搐。「而一個聽話的乖蠢人就能擁有美好

人生 ——」她突然哭了出來。「我不應該這樣，我不是怪你 ——」她深呼吸了一下，停了哭，但很快又再哭起來，強烈地抽搐。「剛剛分了手今朝在他屋企時他提出。」

她是一口氣把「剛剛分了手今朝在他屋企時他提出」這句完整句子說完。

她轉頭離開。跑著離開。

恍如小時候為了逃避欺凌而拚命地往前跑的 Forrest Gump。

但她不願成為 Forrest Gump。

49 Live Forever

總算把四份 term paper 寫好。只是寫好，不是寫得好。

去邵逸夫堂完成了美國史的考試。三條題目裡，選了大蕭條後美國政府用了甚麼方法挽救經濟。選這一題，或許因為太喜歡《義膽雄心》這齣戲。

聽了 Dog Man Star 好多次，但 Brett Anderson 沒有再在夜深，現身床尾。

去了小巴黎好幾次，吃了好幾碟香茅豬扒飯，喝了好幾杯凍咖啡。

順路去了龍城，買了幾本漫畫。

看了一本推理小說，松本清張《砂之器》，很喜歡。一個本來想寫文學的人，只能和家人過著艱苦的生活，卻因為改寫推理小說，名成利就。

上了 Paul 屋企一次，沒有看 AV 沒有看三級片，甚麼都沒有看，只是談了很多，主要談他在港大的事。健沒有上來，他和系會的同學去了 camp，忘了地

點是塘福還是長沙。

突然想食軟雪糕，去了返暑期工的便利店買，阿姐應該放假，斟軟雪糕給我的是個中年男人，斟了兩圈半給我，不多不少。

每一天都過得平凡而充實。的確做了很多事，每一件都似乎不會為人生帶來任何正面意義——連負面也沒有。

心血來潮終於買了齡汗衣左方胸口 logo 那樂隊的專輯。

那天去了韻彙，吸一口氣，鼓起勇氣，問那個戴眼鏡的男店員，有沒有 Oasis 的新專輯，他指了指某個位置。

Definitely Maybe。

第一次為了一個人而去買一張專輯。

只是一直沒有聽，又或者，不敢聽。

直到 12 月 31 日，才拆掉包著 CD 盒的膠袋。

這件事，應該在今年內完成。這是我在 1994 年最後做的一件事。

坐在沙田大會堂外的石梯，面向新城市廣場，戴上 earphone，沒想過他們音樂的聲量是這麼大，比起 Blur、Pulp、Suede 都要大，但這樣也好，愈嘈愈好，

可以幫我暫且跟外間完全隔絕。

自然不知道在唱甚麼，但 Jarvis Cocker 教的，聽歌時，不要看歌詞。

但英文聆聽能力再差，當聽到 *Live Forever*，專輯裡第三首歌時，都必定會聽到主唱不斷在唱「live forever」（而他又會故意把每一句最後一個字拉長來唱）。

聽到一種聽 Blur、Pulp、Suede 時聽不到的力量。

聽完，按 replay，再聽；聽完，再按 replay……重複聽了不知多少次。

眼前的人，不斷往四處走。突然想起一句歌詞，「各有各的方向與目的」。

這一個夜，齡在哪裡？

我當然不會知道。

而只知道，仍然活著，以致仍能聽歌，仍能聽到別人跟我唱「live forever」；以及仍能思考，不論思考有沒有意義的事情。

同時知道幾分鐘後，1994 年便過去。

NB: Please do not read the lyrics whilst listening to the recordings

Oasis - Live Forever

Maybe I don't really wanna know

How your garden grows

'Cause I just wanna fly

Lately, did you ever feel the pain

In the morning rain

As it soaks you to the bone?

Maybe I just wanna fly

Wanna live, I don't wanna die

Maybe I just wanna breathe

Maybe I just don't believe

Maybe you're the same as me

We see things they'll never see

You and I are gonna live forever

I said maybe I don't really wanna know

How your garden grows

'Cause I just wanna fly

Lately, did you ever feel the pain

In the morning rain

As it soaks you to the bone?

Maybe I will never be

All the things that I wanna be

Now is not the time to cry

Now's the time to find out why

I think you're the same as me

We see things they'll never see

You and I are gonna live forever

Gonna live forever

Gonna live forever

We're gonna live forever

Live Forever

EPILOGUE:1995

　　我們總覺得踏入新的一年，一切事情就會 reset，restart。

　　純屬假象，討好自己的假象。

　　其實不過是踏入另一天而已。

　　1994 年考的試寫的 term paper，結合成一個數字：2.71。

　　我大學第一個學期的 GPA。記得師兄說過，GPA 一定要有 3。

　　但美國史的成績竟然是 A，相當離奇，離奇到那個說我沒意見的同學當知道我的成績後，忍不住說：「連你都有 A？」

　　對很多事都很有見地的他，成績是 B —— 不是他主動說的，只是教授把每個同學的成績都印在一張 A4 紙上，貼在歷史系辦公室所屬樓層的報告板。

　　下學期，我沒有再選修任何社會學的科目，反而選了哲學系的「哲學概論 II」。師兄曾勸我千萬不要

選：「太難，又教得差。」

教授姓陳，名字只有一個字：特。

教的是形而上學。

「我們不能踏入同一條河兩次。」教授以這一句話作為開場白。

因為世上萬事萬物都在不斷變化。

我們不能踏入同一條河兩次。

但應該可以見同一個人兩次、三次，甚至無數次。

我不渴求踏入同一條河兩次，只渴望再見到那一個人，那一個問我借《海虎》來看的人。

（完）

後記

本來不想寫後記，後記就像一齣戲的 behind the scene，只有成功的戲，behind the scene 才有觀賞價值。

曾以為自己再也寫不出故事，偶然下，又寫。

連載，每星期一回，原意是每回一千字，結果每一次都寫了千幾二千字。

1996 年暑假，心血來潮參加青年文學獎，寫了一篇叫《少年》的小說；很多年之後，認識了 Alan，（不知幸或不幸）他原來有看過《少年》，問我有沒有興趣寫連載小說。

於是有了這個寫 1994 年的故事，當中的「我」，某程度上，就是《少年》那個「我」——但兩個「我」都不是我，這不是甚麼自傳。

很多年前認識 Yuki，問我有沒有興趣出版小說，當然想，但一直拖，拖到 2024 年，1994 年的三十年後，才有了這本《1994》。

這不是一個中年人對 1994 年的回憶檢視，而是一

個青年在 1994 年的當下感受。

世界，仍然是一個實體世界，睇戲聽歌，要出街買戲飛買 CD —— 就連 AV，也是一餅帶，很大餅很實在，需要騰出空間收藏好。

如果你要我用最簡單的方式總結 1994 年，我會借用健對心目中好電影的那句評價：好正。

校對時，把故事由頭到尾看一遍才發現：健是最快樂的。

感謝 Alan 和 Emily。感謝 Yuki 和 Kayla。感謝念欣、小野、黃碧雲。

書名	**1994**
作者	月巴氏

編輯	羅文懿
設計	黃詠詩
出版	**P. PLUS LIMITED**
	香港北角英皇道 499 號北角工業大廈 20 樓
	20/F., North Point Industrial Building, 499 King's Road, North Point, Hong Kong
香港發行	香港聯合書刊物流有限公司
	香港新界荃灣德士古道 220-248 號 16 樓
印刷	美雅印刷製本有限公司
	香港九龍觀塘榮業街 6 號 4 樓 A 室
版次	2024 年 6 月香港第 1 版第 1 次印刷
規格	32 開（125mm × 175mm）248 面
國際書號	ISBN 978-962-04-5476-9
Copyright	©2024 P+
	Published & Printed in Hong Kong, China

1994